El Sueño Dorado

El Sueño Dorado. Saga de LosPuentes de Isabel. Libro 2.

Información de contacto:

http://www.isabelsbridges.com

ISBN: 978-1-949545-43-2

10 9 8 7 6 5 4 3 2 1

El sueño dorado Los Puentes de Isabel - Isabel - Libro 2

L.E. Coleman

Coleman Publishing

Hay almas que viajan juntas a través de dimensiones más allá de nuestra comprensión, pero siempre encuentran el camino de regreso la una a la otra.

***

Contents

Capítulo 1

Londres

"Espero que haya tenido un buen viaje, señor Cavendish" —dijo un hombre alto y robusto, con porte de guardaespaldas, mientras esperaba junto a la Range Rover negra estacionada en la pista del aeropuerto.

La ciudad, aún despierta y luminosa a pesar de la hora tardía, brillaba bajo la humedad dejada por la lluvia del día.

Alex descendió del jet, evocando la última vez que estuvo allí y los innumerables recuerdos de una ciudad que tanto extrañaba. Para él, ese lugar tenía un significado especial.

"Mi nombre es Phillip, estoy aquí para asistirlo en lo que necesite" —se presentó el hombre.

Cada empleado de los Cavendish pasaba por un riguroso entrenamiento en seguridad y armamento, preparándose para responder ante cualquier emergencia. Además, firmaban un contrato de confidencialidad que garantizaba la absoluta discreción sobre cualquier información sensible de la familia. Zagreus sabía que Orfeo se había asegurado de que todo estuviera en orden durante su ausencia.

"Un placer conocerte, Phillip. Llámame Alex" —respondió Zagreus mientras bajaba las escaleras del jet. Ahora era Alex Cavendish. "Antes de ir a casa, necesito hacer una parada" —añadió al subir al vehículo.

Pasada la medianoche, llegaron a una elegante casa en Chelsea. De varios pisos y completamente blanca, su estructura se alzaba con imponencia.

Sin embargo, estaba a oscuras, sin señales de vida en su interior.

"Esta es la casa, pero parece vacía" —comentó Phillip al estacionar frente a la entrada. "¿Quieres que volvamos más tarde?"

"No"—dijo Alex mientras bajaba del auto. "Él está aquí" —añadió con certeza, cerrando la puerta y dirigiéndose a la entrada.

"Sabía que vendrías, Zagreus" —dijo una voz desde la terraza.

Un hombre estaba sentado en una silla, oculto tras los altos árboles que cubrían la entrada. Se levantó y caminó hacia él.

"¿Qué tal tu viaje de regreso a la Tierra?" —preguntó con ironía.

"William"—respondió Zagreus con seriedad.

William esbozó una sonrisa ladeada.

"Ya veo que las granadas de tu madre siguen funcionando de maravilla"—comentó. "Aunque esta vez te han metido en más problemas de los habituales."

Zagreus lo miró fijamente.

"¿Por qué ella?" —preguntó en un tono grave.

William suspiró, desviando la mirada.

"Esa es una de las preguntas que me he hecho desde que todo sucedió."

Los ojos de Zagreus se encendieron con determinación.

"Ella es mía."

William sostuvo su mirada con una calma inquietante.

"Lo sé" —admitió—. "Pero te sugiero que le hagas la misma pregunta a ella."

Zagreus frunció el ceño.

"¿A qué te refieres?"

William dejó escapar una breve risa sin humor.

"A que deberías preguntarle: ¿por qué yo?"

Zagreus sintió un escalofrío recorrerle la espalda.

"¿Qué estás insinuando?"

William dio un paso más cerca.

"Que también le gusto. Y eso es lo que me está volviendo loco ahora."

Zagreus apretó los puños.

"¡Eso es imposible! ¡Ella me ama!"

William asintió.

"Lo sé. Y estoy de acuerdo contigo. Ella te ama... pero también me ama a mí."

El aire pareció tensarse entre ellos.

"¿Qué le hiciste?" —preguntó Zagreus, su voz afilada como una cuchilla.

William negó con la cabeza.

"Absolutamente nada."

Hizo una pausa antes de continuar con un dejo de frustración en la voz.

"No puedo usar mis encantamientos ni mis poderes con la Princesa de la Muerte Bendecida. No porque no pueda, sino porque no debo... No con alguien a quien amo."

Se pasó una mano por el cabello, exhalando con resignación.

"Además, somos buenos amigos. Y créeme, jamás he contemplado la idea de la amistad. Pero la amo... y prefiero ser su amigo y su protector antes que no ser nada. O peor aún, meterme en problemas y dejarla sola."

Su tono se endureció en la última frase, desafiando la furia de Zagreus con una verdad ineludible.

"Ten cuidado con tus palabras. No insinúes cosas que desconoces." Zagreus sostuvo la mirada de William con firmeza. "Sabes que ella ha estado conmigo desde el comienzo de los tiempos. Debes resistir ese sentimiento que tienes hacia ella."

"Ojalá fuera así de fácil..." —murmuró William con frustración—. "Ojalá no me importara el dolor que ha soportado por tu culpa, que no me afectara de esta manera."

Se pasó una mano por el cabello, como si intentara despejar su mente.

"Desde que la vi, no he podido concentrarme, no puedo crear estrategias, no puedo pelear. Ha sido un tormento. ¡No me gusta sentirme así!" —exclamó con furia contenida—. "Pero no puedo evitarlo, y me hace sentir débil. La forma en que habla, cómo planea, su esencia... No entiendo cómo has vivido con esto durante tanto tiempo."

Zagreus esbozó una sonrisa amarga.

"Ha sido difícil. Pero he logrado sobrevivir porque sé que ella es lo más importante en mi vida."

William respiró hondo y lo miró con seriedad.

"No haré nada que ella no quiera que haga, te doy mi palabra. Pero si me llama o me necesita, estaré ahí, te guste o no."

Zagreus comprendió la intensidad de los sentimientos de William hacia Isabel. Él mismo vivía atormentado por su amor por ella.

Los ángeles no están hechos para sentir. El amor es algo que solo experimentan una vez en sus vidas eternas. No todos llegan a enamorarse, pero los que lo hacen suelen perder la cordura intentando comprender y aceptar el sentimiento. William estaba claramente en esa transición.

Para él, la lucha era aún más difícil porque estaba cerca de ella. Su poder, su conocimiento, su fortaleza... nada de eso le servía ahora. Zagreus lo entendía. Sabía lo que William estaba viviendo, pero aun así estaba dispuesto a pelear por Isabel.

Se quedaron en silencio, mirándose fijamente por largos segundos.

Finalmente, William rompió el tenso silencio.

"Te daré espacio y tiempo con Isabel. No interferiré. Tienes mi palabra."

Se giró para marcharse, pero antes de hacerlo, añadió en un tono seguro:

"Pero todo eso terminará en el momento en que me busque. Y lo hará."

"¿Cómo va a buscarte si me ama a mí?" —preguntó Zagreus, con el ceño fruncido.

"Porque nos ama a los dos" —respondió William, mirándolo directamente a los ojos—."Ahora ve y aprovecha tu ventaja, ya que su mente ha sido reseteada. Espero que eso te haga feliz."

"Jamás haría nada que la pusiera en peligro" —dijo Zagreus con firmeza—. "El Sueño Dorado fue un terrible error, y voy a remediarlo. Traeré de vuelta sus memorias y experiencias."

William soltó una risa amarga.

"Sino hubiera sido por tu osadía al regresar a Gaia para robarles a tus padres, Isabel nunca habría estado involucrada en todo esto" —sentenció—."Más te vale traerla de regreso."

Sin esperar respuesta, caminó hacia la puerta y la cerró detrás de él.

Hubo un largo silencio antes de que Zagreus comenzara a moverse. Avanzó unos pasos, pero se detuvo para echar una última mirada a la casa. Sabía que William tenía un control absoluto del tiempo. Conocía el pasado, el presente y el futuro. Pero Zagreus no tuvo el valor de preguntarle lo que sabía. Algo en su interior le decía que la verdad sería demasiado dolorosa.

Sin más demora, subió al vehículo y Phillip condujo directamente hacia la mansión.

Londres se veía más viva y vibrante que la última vez que estuvo allí. La ciudad había cambiado. Luces y pantallas gigantes iluminaban las calles, los vehículos circulaban sin descanso, y la gente caminaba con prisa.

Pero bajo la superficie, aún quedaban heridas abiertas. La ciudad estaba en proceso de reconstrucción después del devastador terremoto que la había sacudido, dejando a sus habitantes en un estado de pánico e incertidumbre. En las noticias se transmitían entrevistas con expertos y testigos de la tragedia.

Cuando llegaron a la mansión Cavendish, todo estaba en su lugar. La casa se veía impecable, organizada, casi como si nunca se hubiera ausentado. Sin embargo, había sido renovada con un aire más moderno.

Zagreus recorrió con la vista cada rincón. Aquel lugar era un ícono de la ciudad, un legado de generaciones de Cavendish. Sintió una punzada de nostalgia al recordar los momentos de felicidad que había vivido entre esas paredes. Ahora la casa estaba vacía, sus muros cargados de historias y memorias que parecían gritar en el silencio.

Suspiró al abrir la gaveta más alta del antiguo estante en la sala principal. Entre el polvo y los recuerdos, encontró un retrato de él y Makala, tomado en una de sus vidas pasadas. Pasó un dedo por la imagen, retirando el polvo con suavidad, y luego la llevó a sus labios.

"Te amo, Makala" —susurró, cerrando los ojos, sintiendo cómo las lágrimas amenazaban con caer.

Capítulo 2
El encuentro

La mañana desplegaba colores cálidos sobre la ciudad, y el sol brillaba con intensidad, bañando la habitación con su luz dorada. Isabel abrió lentamente los ojos, sintiéndose descansada y con un hambre voraz.

Se levantó y caminó descalza hasta la cocina, donde el aroma de un desayuno recién hecho la recibió como un abrazo.

"Tuve el sueño más extraño" —dijo Isabel, dirigiéndose a su madre, Claire, quien estaba sentada con una taza de café entre las manos. Su rostro reflejaba cansancio—. "Estaba flotando...

volando sobre la Tierra. Sentía que atravesaba el universo, poderosa y valiente, como si supiera exactamente hacia dónde debía ir."

Claire levantó la mirada de su taza.

"¿Y sabías a dónde?"

Isabel frunció ligeramente el ceño, intentando recordar.

"No exactamente... pero tenía la sensación de que era importante. Como si alguien o algo me estuviera esperando allá afuera" —respondió pensativa—."También estaban ustedes... tú y papá. Pero todo se veía borroso, como si estuviera cubierto por una neblina."

El sonido del sartén chisporroteando interrumpió su reflexión. Isabel giró la cabeza y sonrió.

"Kani, eso huele divino, ¡me muero de hambre!"

Kani, quien llevaba años viviendo con ellos y ayudaba con las labores de la casa, estaba en la cocina preparando el desayuno. En el plato se acumulaban panquecas de calabacín, una de las favoritas de Isabel.

Con entusiasmo, se sirvió una porción generosa y comenzó a comer con ganas.

"¿Porqué lucen tan cansados? ¿Otra noche de películas?" —preguntó con la boca medio llena, observando a sus padres.

Adrián, su padre, intercambió una breve mirada con Kani antes de responder.

"Sí...otra de esas noches sin dormir."

Kani, de pie junto a la estufa, los observó en silencio.

"Siempre hacen lo mismo" —dijo Isabel, sin darle demasiada importancia mientras engullía otra panqueca—. "Deberían descansar más."

Isabel sintió las miradas sobre ella, pero decidió ignorarlas y concentrarse en terminar su comida.

Adrián y Claire se observaban entre sí, confirmando con un simple intercambio de miradas que Isabel realmente no recordaba nada sobre los eventos recientes.

Poco después, Victoria llamó a Isabel para invitarla a ir de compras. Se acercaba una gala importante organizada por la fundación de caridad que ambas familias apoyaban, y Victoria quería encontrar el vestido perfecto para la ocasión. Además, pensó que sería una buena oportunidad para sacar a Isabel de casa y ayudarla a despejarse.

Claire ya había puesto a Victoria al tanto de la situación y de la decisión de Isabel de someterse a la ceremonia del Sueño Dorado, en la que había ofrecido sus memorias y experiencias como un regalo a Chronus. Fue la única solución que encontró en ese momento para salvar a Zagreus. Victoria había prometido no revelar ningún detalle a Isabel y actuar con la mayor discreción posible.

Las amigas acordaron encontrarse en una prestigiosa tienda por departamentos en Londres. También invitaron a su amigo en común, Brandon, un joven extrovertido y con un gran sentido del estilo. Amigo de ambas desde hace años, Brandon siempre disfrutaba de las salidas de compras, aconsejando a Victoria sobre los vestidos que causarían mayor impacto. Su familia también asistiría a la gala.

"Escuché que pasaste dos días enteros durmiendo después de la fiesta" —comentó Brandon, lanzándole una mirada cómplice a Isabel—. "Por eso siempre te digo que el alcohol y tú no hacen buena pareja."

"Sabes que no bebo alcohol" —respondió Isabel con una sonrisa—. "Supongo que simplemente estaba agotada y dormir fue mi recompensa por tanto esfuerzo."

"La universidad será aún más exigente, cariño. Aprovecha y duerme todo lo que puedas antes de

que empiecen las interminables horas de estudio"
—bromeó Brandon—. "Los médicos tienden a
envejecer más rápido, ya sabes."

Sonrió con picardía, logrando que Isabel y
Victoria soltaran una carcajada.

"¡Estás loco! Yo no pienso envejecer
pronto" —exclamó Victoria, indignada por el
comentario—. "Aunque tenga que hacerme mil
cirugías."

"Por supuesto, cariño" —bromeó Brandon,
lanzándole una mirada divertida.

Mientras recorrían la tienda, comenzaron a
recordar los eventos de la fiesta y cómo las
personas reaccionaron al terremoto y la tormenta.
Sin embargo, Isabel se dio cuenta de algo
inquietante: no podía recordar mucho sobre
aquello. Todos hablaban de la tormenta, incluso el
dependiente que los ayudó a encontrar la sección
de calzado femenino, pero para ella era como si

esos recuerdos se hubieran desvanecido. Pensó
para sí misma: *¿Qué habré bebido esa noche?*

"Por cierto, Isabel, ¿pudiste ver la tormenta? Yo
incluso sentí el terremoto. Duró varios minutos,
algo totalmente inusual en Londres en esta época.
Todos salimos corriendo de la fiesta, fue bastante
intenso" —comentó Brandon.

"Sí, claro... la tormenta, el terremoto, la gente
enloqueciendo..." —respondió Isabel con un
tono titubeante.

Victoria notó su incomodidad y se dio cuenta de
que Isabel no iba a recordar lo sucedido. Decidió
intervenir.

"Fue una noche muy intensa, llena de sorpresas.
Estoy segura de que Isabel la disfrutó tanto que
después simplemente necesitó descansar" —dijo
con una sonrisa, guiñándole un ojo.

Isabel se sintió aliviada por la intervención de
Victoria.

"De todos modos, eso es lo que yo llamo *vivir en las nubes*" —agregó Brandon con una carcajada—. "La tormenta fue brutal, y esos vientos... Ni siquiera los meteorólogos la vieron venir. ¿Pueden creerlo? Y encima un terremoto al mismo tiempo. Toda una serie de eventos inusuales. Los científicos siguen intentando entender qué pasó."

"¿Qué bebí esa noche?" —preguntó Isabel con curiosidad, cruzándose de brazos—."No me habrás dado alguna de tus locas bebidas venenosas, ¿verdad?"

Victoria la miró con complicidad. "Ya lo irás recordando con el tiempo. No te estreses por eso, estás cansada."

Isabel notó algo extraño en su mirada. Era como si Victoria supiera algo que ella no.

"Bueno, lo que sea que haya sucedido, ya pasó, y menos mal" —dijo Isabel encogiéndose de hombros—."Por eso mejor iré a comprarme un helado, tengo muchísima hambre."

Salió rápidamente hacia la cafetería y, minutos después, regresó con un helado en la mano.

"Vaya, sí que tienes hambre" —comentó Brandon, sorprendido por la velocidad con la que lo devoraba.

"No lo entiendo, pero por algún motivo me desperté con un apetito feroz hoy"—respondió Isabel mientras disfrutaba su helado. Llevaba unos jeans ajustados y una franela blanca que resaltaban su esbelta figura, y Brandon la observaba con expresión preocupada, temiendo que se manchara la ropa.

Media hora después, Brandon y Victoria continuaban la búsqueda del vestido perfecto sin éxito. Isabel, aburrida, decidió hojear una revista científica que le pareció interesante. Era mejor que quedarse dormida esperando.

Victoria se acercó con entusiasmo, sosteniendo un vestido.

"¡Este me gusta!" —exclamó emocionada.

"A mí también, te ves bellísima" —dijo Isabel con una sonrisa.

El vestido era largo, negro y ceñido al cuerpo, elegante y conservador. Victoria quería proyectar una imagen más sofisticada esta vez, pero le estaba costando encontrar la prenda adecuada.

"¿Ves? Te puedes ver hermosa con lo que sea que elijas. No necesitas un vestido sexy y revelador para verte increíble" —añadió Isabel con un guiño.

"Está bien, supongo que este es el indicado" —concedió Victoria con una sonrisa satisfecha—. "Ahora necesito zapatos."

"Brandon ya está buscándolos por mí. Es tan lindo... Qué lástima que sea homosexual, porque si no, sería el chico perfecto para mí. Le encanta la moda, es atractivo y, además, adora mi personalidad" —suspiró.

Isabel soltó una risita. "No estoy segura de que estarías cómoda con alguien que ama la moda más que tú."

Justo en ese momento, Brandon regresó y las encontró sonriendo cómplices.

"Ok, sé que estaban hablando de mí" —dijo con una ceja levantada—. "¿Ahora qué?"

"Victoria dice que serías el chico perfecto para ella si no fueras homosexual"—respondió Isabel con una sonrisa traviesa.

"¡Qué horror! No podría vivir con esta mujer más de 24 horas en la misma casa. ¡Me volvería loco! Es demasiado perfeccionista para mi gusto" —dijo Brandon con fingido dramatismo.

"Ok, vamos a buscar esos zapatos perfectos" —respondió Victoria, tomando a Brandon del brazo mientras caminaban.

Isabel sabía que la búsqueda de zapatos significaría al menos otra hora de espera, así que decidió seguir hojeando la revista en busca de algo que la entretuviera.

"De acuerdo, esperaré aquí" —murmuró para sí misma mientras se acomodaba en una silla de la cafetería, que se veía sorprendentemente cómoda.

Desde la distancia, alguien la observaba detenidamente.

***

"La naturaleza está en constante evolución. Si más personas contribuyeran a la ciencia, este mundo sería un lugar muy distinto" —dijo una voz masculina.

"¿Perdón?"—preguntó Isabel, levantando la mirada.

"Disculpa la interrupción. Te ves tan concentrada en tu revista de ciencias que quise comentarlo" —respondió él con una sonrisa.

Isabel se sintió abrumada por lo atractivo que era. Alto, incluso más que ella, vestía jeans y un blazer oscuro. Sus ojos, oscuros y profundos, contrastaban con su rostro de facciones perfectas y su cabello largo y oscuro. Había algo en su porte y en su forma de hablar que lo hacía parecer un caballero de otra época. Se veía mayor que ella, pero tenía la extraña sensación de conocerlo de algún sitio.

Él señaló la silla junto a ella, pidiendo permiso con un gesto sutil.

"¿Te importa si me siento contigo unos minutos? Así no tendrás que leer esa revista dos veces" —dijo con una sonrisa encantadora. Su voz era como una melodía, imposible de resistir.

"Sí, por supuesto" —respondió Isabel, intrigada. "Supongo que no hay nada de malo en que dos extraños hablen sobre ciencia."

"Permíteme presentarme. Mi nombre es Alex Cavendish" —dijo él con un toque de diversión. "¿Ves? Ya no soy un desconocido" —añadió, guiñándole un ojo.

"Soy Isabel Hearn, un placer conocerte" —dijo ella, extendiéndole la mano.

Alex sintió un escalofrío recorrer su cuerpo al contacto con su piel tibia. Una corriente de electricidad pareció fluir entre ellos, un sentimiento tan poderoso que casi lo dejó sin aliento. Después de tanto tiempo, poder tocarla y sentir su calor era lo más increíble que le había sucedido. Su corazón latía con tanta fuerza que temió que Isabel pudiera escucharlo. Se sentía como un adolescente enamorado por primera vez.

Ella estaba tan cerca... pero sin recordar quién era él.

Ella había renunciado a sus memorias y experiencias por él. Por eso, él necesitaba mantenerse fuerte y esperar por Orfeo hasta que el puente dimensional estuviera listo. Sentía que el destino había sido demasiado cruel con ambos; habían sacrificado todo por estar juntos y, aun así, no lo habían logrado.

Pensó que la había perdido cuando ella tomó el *Sueño Dorado*. Incluso consideró regresar a Gaia para ser destruido, pero debía respetar su plan. Tomaría más tiempo, pero no iba a rendirse. Esperaría lo que fuese necesario, siempre cerca de ella, protegiéndola. Era el amor de su vida.

Era imposible existir en este mundo sin estar cerca de ella. Ahora, tan próxima, podía sentir su aroma, su respiración, su aliento. Su piel lucía suave y perfecta, y solo deseaba besarla sin cesar. Pero debía contenerse. Para ella, él era un desconocido; si se atrevía a acercarse demasiado, podría parecer un loco. La paciencia tenía que ser su mayor virtud en este momento, aunque la espera era un verdadero tormento.

"¿Vives aquí en Londres?" —preguntó Isabel, un poco exaltada tras sentir la extraña corriente que recorrió su cuerpo al tocar su mano.

"Sí, en Kensington. Es un área tranquila, conveniente, y puedo caminar a casi cualquier lugar" —respondió Alex. "¿Y tú, Isabel? ¿También vives cerca?"

"Sí, también en Kensington. Qué interesante" —dijo ella, sorprendida.

"Así es, somos vecinos sin saberlo" —comentó él con una sonrisa.

"Bueno, vivo en la zona, pero no conozco a muchas personas porque casi nunca salgo. Suelo estar con mis amigos, que son pocos. Pero si te hubiera visto antes, estoy segura de que recordaría tu rostro... Hay algo en ti que me resulta muy familiar" —dijo ella con un dejo de curiosidad.

"Acabo de regresar de un largo viaje a la India" —respondió Alex.

"Mis padres aman la India. Yo también" —dijo Isabel con entusiasmo.

"¿Has estado allí?" —preguntó Alex, mirándola con interés.

"Un par de veces con mis padres. Siempre me han dicho que fui concebida en una zona llamada Sikkim, pero nunca he estado allí... o al menos, no lo recuerdo"—dijo Isabel, frunciendo ligeramente el ceño al notar lo extraño que sonaba aquello.

"Es una región hermosa de la India" —comentó Alex con suavidad.

"Quizás vaya algún día" —dijo ella con un ligero encogimiento de hombros.

"Tal vez conmigo" —bromeó Alex.

Isabel se sonrojó y sonrió, desviando la mirada por un instante.

"¿Y trabajas aquí o sigues estudiando?" —preguntó ella, esforzándose por ignorar lo increíblemente atractivo y directo que era.

"Trabajo en los negocios de mi familia, tanto aquí en Inglaterra como en otros países. Terminé mis estudios hace un tiempo" —respondió él.

"Debiste haberte graduado muy joven, porque aún te ves bastante joven" —comentó ella con curiosidad.

Zagreus había asistido a las universidades más prestigiosas de la Tierra en sus vidas pasadas. Siempre había encontrado fascinante su sistema educativo, mucho más pedagógico y efectivo que el de Gaia, donde la enseñanza se centraba principalmente en el arte de la guerra y la historia antigua. Había algo en la educación terrestre que lo cautivaba.

"Bueno, la portada no es el libro" —bromeó Alex.

"Eso es cierto" —coincidió Isabel con una leve sonrisa.

"Terminé mis estudios fuera, pero no tengo intención de ir a la universidad" —dijo él.

"¿En serio? No me digas que eres uno de esos niños ricos que creen que la universidad es una pérdida de tiempo porque pueden darse el lujo de vivir sin estudiar" —dijo Isabel, arqueando una ceja.

Alex soltó una leve risa. "No, no soy ese tipo de persona. Pero ahora tengo asuntos familiares que requieren toda mi atención. Hay cosas mucho más importantes para mí en este momento" —respondió, su expresión tornándose seria.

Isabel lo miró con más atención. "Lo siento si te juzgué demasiado rápido. Estoy segura de que sabes lo que haces" —dijo con un dejo de vergüenza.

"Alguien muy importante para mí ha perdido la memoria, y necesito ayudarla a recuperarla. Eso podría tomar años" —admitió Alex, con la tristeza reflejada en su rostro.

"Lamento escuchar eso. Hoy en día hay muchos avances médicos con resultados prometedores. Tal vez algún tratamiento innovador pueda ayudar" —dijo Isabel con empatía.

"Eres muy amable, gracias. Contamos con los mejores especialistas trabajando en ello. Estoy seguro de que podrán encontrar una solución" —respondió Alex con una leve sonrisa. Luego, inclinándose un poco hacia ella, preguntó: "¿Y qué hay de ti? ¿Irás a la universidad?"

"Sí, acabo de ser admitida en la escuela de medicina. Quiero ser médico... una buena médico. La medicina me apasiona" —afirmó Isabel con determinación.

Por miles de años, Zagreus había conocido a Makala, y jamás la había visto interesarse por la medicina. Siempre había creído que la mente tenía el poder de curar la mayoría de las enfermedades. Esta era la primera vez que la escuchaba hablar con tanta convicción sobre el tema.

Se preguntó si aquel nuevo interés tenía relación con algún evento en particular, pues no formaba parte del plan que habían trazado para esta vida.

"Qué bien. ¿Cuándo descubriste tu pasión por la medicina?" —preguntó él, tratando de comprender ese cambio.

"Creo que desde que era pequeña. Solía jugar a ser doctora, imaginaba que ayudaba a curar enfermedades. Este planeta necesita pioneros que realmente se preocupen por los demás. Hemos tomado mucho y dado casi nada a cambio. Es tiempo de cambios y quiero ser parte de ellos" —explicó Isabel con firmeza.

"Wow, eso es increíble. Admiro tus valores. Eres muy joven y ya tienes una determinación admirable. Estoy seguro de que tus padres están orgullosos de ti" —dijo Alex, impresionado.

Estaba apunto de añadir algo más cuando una voz femenina los interrumpió.

"¡Isabel! Tu mamá acaba de llamar y me pidió que encontrara un vestido fabuloso para la fiesta. Ah, y necesitas acompañante porque yo voy con Brandon, pero tú..."—Victoria se detuvo de golpe al notar al hombre que estaba con su amiga. Sus ojos se abrieron con sorpresa al darse cuenta de que era, sin duda, el hombre más atractivo que había visto en su vida.

"Victoria, permíteme presentarte a Alex Cavendish. Nos acabamos de conocer mientras los esperaba. Ha sido muy amable al hacerme compañía estos minutos" —dijo Isabel con naturalidad.

"Encantada de conocerte" —dijo Victoria, aún sin poder apartar la mirada de él. Luego, recordó la presencia de su amigo y añadió: "Y este es nuestro amigo Brandon".

Brandon, que hasta ese momento había permanecido en silencio, solo atinó a mirar a Alex con la boca entreabierta.

"Hola"—dijo Brandon.

"Encantado de conocerte, Brandon" —respondió Alex con cortesía.

"¿Eres de esta zona?" —preguntó Victoria con curiosidad.

"Sí, vivo aquí en Kensington" —contestó Alex.

"Lamento la interrupción" —dijo Victoria, lanzando una mirada rápida a Isabel—."Parecían tener una conversación interesante, pero me estresé con la llamada de tu mamá. Si voy a escoger tu vestido, tiene que ser sensacional"—agregó con dramatismo.

"Puedes elegir cualquiera para mí" —respondió Isabel sin mucho entusiasmo—."No tengo ganas de probarme vestidos".

"Está bien. Escogeré uno y espero que te guste" —suspiró Victoria, resignada.

"Juzgando por el vestido que llevas puesto, estoy seguro de que harás la mejor elección para ella" —dijo Alex, fijando su mirada en Victoria.

Victoria se sintió fascinada con el comentario. Le encantaba que alguien apreciara el esfuerzo que ponía en elegir su vestimenta, y más aún cuando ese alguien era un hombre atractivo. Su pecho se infló de orgullo.

"Gracias, Alex. Es maravilloso sentirse apreciada" —dijo con una sonrisa radiante.

"¿Sentirse apreciada?" —intervino Brandon, indignado—. "¡Malagradecida! Te he dicho toda la vida que tienes un gran estilo y jamás me has dicho que te sientes apreciada".

Victoria rodó los ojos con una sonrisa divertida. "Siempre estás conmigo, tonto. Y claro que valoro tu opinión, pero me refería a una opinión externa".

"Ah, te refieres a ser apreciada por un hombre súper sexy" —soltó Brandon con picardía.

Isabel sabía que Brandon y Victoria siempre estaban discutiendo, especialmente sobre compras. Pero, a pesar de todo, no podían vivir el uno sin el otro. Ella los adoraba a ambos, aunque en ese momento su actitud la avergonzaba un poco.

"Está bien, ustedes dos, vayan a encontrarme el fabuloso vestido y los zapatos... ¡y dejen de discutir!" —les dijo Isabel con una mezcla de diversión y exasperación.

Ambos se alejaron, todavía enfrascados en la discusión sobre si el vestido debía ser negro, blanco o azul, y qué zapatos combinarían mejor. Isabel suspiró mientras los veía marcharse. Ahora, ella y Alex estaban solos de nuevo.

"Perdón por eso. Mis amigos siempre se comportan así, un poquito... cuestionables, pero los quiero mucho" —dijo ella con una sonrisa.

"No tienes de qué preocuparte. Son agradables y se ven genuinos" —respondió Alex con tranquilidad.

"Lo son" —admitió Isabel.

"Escuché que necesitas con quién ir a la gala. Si aún no tienes acompañante, con gusto puedo llevarte" —propuso Alex sin rodeos.

"¿En serio? Pero apenas nos conocemos" —respondió ella, sorprendida.

"Cierto. Lo que significa que necesitamos un segundo encuentro para poder decir que nos conocemos un poco más" —dijo él con una sonrisa traviesa.

Isabel rió suavemente. "Eso es cómico... pero quizás funcione".

"¿Qué te parece si te invito a ti y a tus amigos a un desayuno o almuerzo mañana?" —sugirió Alex.

"Podría ser una buena idea" —respondió ella con cautela.

"Perfecto. Hagamos algo: habla con tus amigos y, aquí tienes mi número" —dijo Alex, extendiéndole una tarjeta con su nombre y contacto escritos en elegantes letras doradas—. "Me llamas y me dices qué deciden. Luego de nuestro segundo encuentro, puedes decirme si quieres que te acompañe a la gala".

Isabel tomó la tarjeta y la guardó en su bolso. Durante unos segundos, sus miradas se encontraron con una intensidad casi eléctrica. Ambos sintieron el impulso de acercarse más, como si una fuerza invisible los atrajera. Alex, luchando contra sus deseos, desvió la mirada y dijo con voz serena:

"Ha sido un placer conocerte, Isabel. Esperaré tu llamada. Me encantaría verte mañana".

Isabel sintió un deseo abrumador de besarlo. Algo dentro de ella gritaba que quería sentir sus labios, sus brazos, su calor. Pero era demasiado pronto. ¿Y si él pensaba que estaba loca? No necesitaba otro encuentro para decidir si quería ir con él a la gala; ya lo sabía. Quería ir con él. Sin embargo, todo estaba ocurriendo demasiado rápido y no sabía qué hacer.

Así que, en lugar de seguir sus impulsos, simplemente dijo:

"Ha sido un placer conocerte, Alex. Hablaré con mis amigos y te haré saber".

Alex le dedicó una última sonrisa antes de alejarse, dejándola completamente sin palabras. Acababa de conocer al hombre más increíble y hermoso que había visto en su vida, y ahora solo podía pensar en volver a verlo.

Apenas unos minutos después, Victoria y Brandon aparecieron con expresiones de pura emoción.

"Tienes demasiado que contarnos, señorita" —dijo Victoria, acercándose con curiosidad.

"Ni me lo digas, sentí que me iba a desmayar. Ese hombre es demasiado bello, Isabel. Increíble. Parece un modelo de ropa interior" —añadió Brandon con dramatismo.

"¿Cómo lo conociste? ¿Qué estabas haciendo?" —preguntó Victoria, ansiosa.

"Estaba sentada aquí, en esta misma silla, intentando leer mi revista mientras tú te probabas el vestido número 300. Y, de repente, él simplemente se acercó"—respondió Isabel con una sonrisa.

"¿Te encontró aquí, escondida en este montón de ropa?" —preguntó Victoria, aún asombrada.

"Bueno, esto está cerca de la cafetería" —explicó Isabel con naturalidad.

"¿Y te pidió tu número?" —Victoria insistió con emoción.

"Nos invitó a desayunar o almorzar mañana" —dijo Isabel, conteniendo su sonrisa—. "Así podremos vernos por segunda vez y yo decidiré si quiero que él sea mi acompañante en la gala de mañana en la noche. Así no tendré que ir con alguien que acabo de conocer".

Victoria la miró con picardía. "Eso es muy gracioso. Él quiere que vayas con él a la gala y tú, aparentemente, quieres una segunda cita. Suena a una muy buena idea".

"No es una segunda cita, es un segundo encuentro" – corrigió Isabel, sonriendo tímidamente.

"Está bien, un segundo encuentro entonces. Parece un buen chico. Brandon, iremos mañana" – dijo Victoria a su amigo con una sonrisa cómplice.

"Excelente, cuenta conmigo para tu segundo encuentro" – respondió Brandon mientras miraba distraído una chaqueta de cuero negra que llevaba en las manos.

Victoria y Brandon se encargaron de escogerle un hermoso vestido largo y blanco para la gala, aunque Isabel insistió en que ya tenía los zapatos perfectos y no necesitaba más. No se probó el vestido, pero estaba segura de que le quedaría bien.

Isabel se sintió muy agradecida de tener a sus dos amigos en su vida, quienes, con mucho gusto, podían dedicarse a ocuparse de las cosas que a ella no le interesaban tanto, como la moda.

Capítulo 3
Explicaciones

"*Espero que hayan tenido* un buen viaje de regreso a Londres y que Isabel se encuentre mejor" – dijo Orfeo por teléfono.

"Gracias por estar pendiente. El vuelo fue tranquilo y todo salió bien. Isabel está mejorando, y estoy seguro de que no recuerda nada, ni siquiera la tormenta que ocurrió aquí antes de partir" – respondió Adrian.

Hubo un breve silencio. Orfeo tomó aire antes de hablar, y Adrian sospechó que algo sucedía.

"También llamo para informarles sobre un evento inesperado" – dijo Orfeo, respirando hondo.

"¿Has encontrado algo?" – preguntó Adrian con cautela.

"En realidad, algo nos encontró a nosotros... o mejor dicho, alguien" – dijo Orfeo." Zagreus escapó de Gaia con la ayuda de su madre, Perséfone. Ya sabe lo que ocurrió y decidió viajar a Londres para estar con Isabel mientras recupera sus memorias y experiencias. Sin embargo, Chronus tomó esas memorias a pesar de que Zagreus ya había escapado. Estoy intentando solucionar esto" – explicó.

"¿Estás diciendo que Isabel tomó el Sueño Dorado justo cuando Zagreus era liberado por Perséfone?" – preguntó Adrian, sorprendido.

"Me temo que sí" – confirmó Orfeo. "Aun cuando Zagreus fue liberado, Chronus se quedó con las memorias y experiencias de todos modos.

Zagreus llegó justo después de que ustedes se marcharan y, sin dudarlo, decidió irse a Londres" – añadió.

"¿Así que ahora está aquí?" – preguntó Adrian, con una creciente inquietud.

Claire, que no estaba lejos, había escuchado la conversación y no pudo evitar sentirse preocupada.

"Sí, está allí, y estoy seguro de que la está buscando" – afirmó Orfeo. "Aterrizó en Londres anoche" – agregó.

"¿Qué deberíamos hacer?" – preguntó Adrian, sintiendo el peso de la situación.

"Sugiero que lo ayuden en lo que necesite hacer. Él la ama y solo quiere estar a su lado para protegerla. Está dispuesto a permanecer el tiempo que sea necesario mientras establecemos el puente para recuperar sus memorias y experiencias. Ahora mismo, puede ser una buena idea que estén juntos. Han pasado por mucho y necesitan apoyo.

Estoy seguro de que Isabel seguirá sus instintos y Zagreus respetará sus decisiones" – dijo Orfeo.

"Es cierto" – respondió Adrian. "Está bien, haremos lo que podamos desde aquí y esperemos que tú puedas avanzar allá. Solo queremos que nuestra hija sea feliz"– añadió. "Es increíble que todo esto esté ocurriendo después de que ella dio tanto de sí. No puedo entender por qué Chronus tomó el regalo de todos modos" –agregó con frustración.

"Todos sentimos lo mismo, especialmente Zagreus" – dijo Orfeo. "Estaré en contacto, y por favor, síganle la corriente a Zagreus frente a Isabel. En la Tierra su nombre es Alex Cavendish, y estará en la misma área que ustedes. Vive en la Mansión Cavendish" – explicó.

"Ese es un lugar impresionante. Está bien, gracias por avisarnos" – respondió Adrian.

"Por favor, pasa mis saludos a Claire" – dijo Orfeo. "Y Adrian, lamento mucho todo esto" –agregó.

"Nosotros también lo sentimos" – respondió Adrian antes de colgar la llamada.

Se giró hacia Claire y comenzó a explicarle la conversación. Ella estaba impresionada de que Zagreus hubiera logrado escapar a la Tierra y, más aún, de que ahora estuviera en Londres. Ambos estuvieron de acuerdo en ayudar en lo que pudieran a Alex y a Isabel. Sabían toda la historia, pero ahora todo dependía de Isabel y de los fragmentos de sus memorias y experiencias que pudieran quedar en ella.

***

Isabel llegó a casa con su nuevo vestido. Victoria y Brandon la acompañaban para tomar un té con galletas y conversar. Kani les preparó su famoso té helado, una tradición entre los amigos de Isabel.

Claire y Adrian se acercaron a la cocina para saludarlos, curiosos por saber cómo les había ido. Los amigos de Isabel adoraban a sus padres; siempre habían sido abiertos y comprensivos, lo que hacía que cualquier conversación con ellos resultara natural y agradable.

"La pasamos muy bien, pero Isabel se la pasó todo el tiempo leyendo su aburrida revista científica" – comentó Victoria con diversión.

"Y el resto del tiempo hablando con el chico más guapo que haya visto jamás" – añadió Brandon con entusiasmo.

Claire y Adrian intercambiaron una mirada rápida, intentando disimular su reacción. Ya sospechaban de quién se trataba.

"¿Un chico, Isabel?" – preguntó Claire con una sonrisa.

"Sí, mamá. Se llama Alex Cavendish. Estaba allí y comenzó a hablarme. Sentí como silo conociera de algún sitio, como si ya lo hubiera visto antes, pero no sé dónde. Se ofreció a llevarme a la gala" – explicó Isabel.

"¿Y qué le respondiste?" – preguntó Claire, lanzándole una mirada discreta a Adrian.

"Me propuso salir a desayunar o almorzar mañana con Victoria y Brandon. Así podríamos conocernos mejor y no tendría que decidir si ir a la gala con alguien a quien solo he visto una vez. Me pareció una buena idea" – respondió Isabel."Es gracioso y un poco engreído" – agregó con una sonrisa.

"¿Entonces vas a ir mañana?" – preguntó Adrian con interés.

"Le recomendé a Isabel que le avise que iremos, así podrá conocerlo mejor" –intervino Victoria.

"Me parece una buena idea. Así podrás tomar una decisión con más seguridad, cariño"– dijo Adrian.

"Sí, lo llamaré más tarde y veremos" – respondió Isabel. Luego, miró a sus padres con cariño y los abrazó. "Gracias, papá, por ser tan increíble. Te amo. Mamá, eres la mejor. Los amo" – dijo, besándolos a ambos.

Antes de que Victoria y Brandon se fueran, Claire pidió a Victoria que la acompañara un momento con la excusa de ver los vestidos. Sin embargo, su verdadera intención era ponerla al tanto de la situación y revelarle que Alex Cavendish era, en realidad, Zagreus, el gran amor de Isabel. Así, Victoria comprendería mejor lo que estaba ocurriendo y podría apoyarlos.

"¡Increíble, es como una película!" – exclamó Victoria, todavía asimilando la noticia. "No se preocupen, haré todo lo posible por ayudar en lo que pueda" – aseguró con determinación.

La situación era un completo caos, y ella sentía la responsabilidad de estar ahí para su amiga. Con la presencia de Alex, las cosas se volvían aún más complicadas, porque Victoria sabía perfectamente lo que él significaba para Isabel.

Capítulo 4

Ven a mí

*I*sabel *sostenía entre sus manos* la hermosa tarjeta brocada en dorado. Su nombre resaltaba con elegancia, y sentía que algo en ella la llamaba.

Siempre había sido una chica conservadora, cuidadosa con sus acciones, pero esta vez no podía resistirse a la necesidad de escuchar su voz. La idea de estar cerca de él sin volver a verlo le resultaba insoportable. Era una sensación intensa, imposible de ignorar. Incapaz de contener sus emociones, tomó el teléfono y marcó el número.

"Estaba pensando en ti, Isabel" – su voz resonó al otro lado de la línea.

Isabel sujetó con fuerza el teléfono, aún sosteniendo la tarjeta en la otra mano. Temblaba. Se sintió aliviada al escuchar su voz: era profunda, educada y, sobretodo, hermosa.

"¿Pensabas en mí?" – preguntó sorprendida. "Espero que no en cómo me veía esta mañana" –añadió con una risa nerviosa, consciente de que su comentario no tenía mucho sentido.

"En realidad, pensaba en lo hermosa que lucías hoy. Ojalá podamos salir pronto" –respondió Alex con sinceridad. "¿Tú y tus amigos han considerado mi invitación para mañana?"

"Sí, y la respuesta es sí" – dijo Isabel con una sonrisa. "Están encantados de almorzar contigo y conocerte mejor. Les diste una muy buena impresión."

"¿Y tú?"– preguntó él. "¿Tú también estás encantada?"

Isabel sonrió, sintiendo el calor subir a su rostro. "Sí, por supuesto" – respondió con un ligero nerviosismo. "¿Por qué no lo estaría? Eres un chico agradable."

"Es bueno saberlo" – dijo él con una nota de satisfacción en la voz. "Espero con ansias verte mañana."

Hubo una breve pausa antes de que Isabel murmurara, casi sin pensar:

"Yo también... aunque me gustaría verte antes."

Se sorprendió a sí misma al decirlo. No entendía de dónde había salido aquella confesión. Siempre había sido reservada, incluso fría en temas del corazón. Pero en ese momento, se sintió extrañamente impulsada a decirlo. Su alma se lo pedía. Estar con él se sentía tan natural como respirar.

"Sé que suena loco" – añadió rápidamente, preguntándose qué le estaba pasando.

"¿De verdad quieres eso?" – preguntó Alex.

"Sí, quiero" – respondió Isabel sin dudar.

"Podría ir a buscarte ahora y llevarte a cenar si quieres" – propuso él. "Aún no he cenado y sé de algunos lugares interesantes por la zona donde podríamos comer y conversar."

"¿En serio? Pensé que ya estarías en pijama, listo para pedir comida rápida y relajarte" – bromeó ella.

"No soy fan de la comida rápida. Me gusta cocinar, de hecho. Si algo me gusta, suelo aprender a prepararlo" – dijo él con naturalidad.

"¿Cómo es posible que un chico como tú siga soltero?" – preguntó Isabel con una sonrisa. "Eres demasiado perfecto."

"¿Entonces quieres que te busque ahora mismo?" – insistió Alex.

"Está bien, toma nota de mi dirección. Estaré lista en diez minutos" – respondió Isabel, aún sin creer lo que estaba haciendo ni por qué.

Bajó las escaleras y encontró a Claire y Adrian en la sala, leyendo. Una parte de ella aún pensaba que era una locura salir con un chico que acababa de conocer. Pero siempre había sido abierta y honesta con sus padres, y sentía que debían saberlo.

Caminó hacia ellos y dijo:

"Mamá, papá, lo que voy a decirles les parecerá una locura: voy a salir con Alex esta noche" – confesó. "Lo llamé para hablar de nuestra reunión de mañana, pero la conversación tomó otro rumbo y terminé diciéndole que quería verlo antes. Así que quedamos en cenar juntos. No estoy segura de por qué lo hice, pero siento una necesidad inexplicable de estar con él. Sé que no sueno como yo misma, pero quería que supieran mis planes. De hecho, ya viene en camino a recogerme y me gustaría que lo conozcan. ¿Está bien?"

"Por supuesto, cariño. Nos encantaría conocerlo" – dijo Adrian, intercambiando una mirada con Claire, quien no podía ocultar su emoción al ver la reacción de Isabel ante Alex.

Isabel salió a la puerta y lo encontró esperando afuera. Se veía increíble con su franela y jeans, casual pero impecable.

"Por favor, entra para que puedas saludar a mis padres" – dijo ella, apartándose para darle paso.

"Por supuesto" – respondió él con una sonrisa antes de entrar.

Claire lo observó con atención. Podría fácilmente pasar por un super modelo. Alto, apuesto y con una presencia magnética. Se veían perfectos juntos. Pero en lugar de alegría, sintió una punzada de tristeza al verlos en la misma habitación sin poder disfrutar plenamente del momento. Isabel no lo recordaba, y eso era desgarrador. Tanto esfuerzo, tantas batallas... y ahora eran unos extraños.

Orfeo le había comentado a Alex más temprano que Claire y Adrian estaban al tanto de todo y que estaban dispuestos a seguirle la corriente hasta que Isabel recuperara sus memorias y experiencias.

Claire y Adrian se levantaron del sofá y se acercaron a recibirlo.

"Señor y señora Hearn, es un placer conocerlos" – dijo Alex, extendiendo la mano con confianza y calidez.

"El placer es nuestro" – respondieron ambos.

"Pero por favor, llámanos Adrian y Claire" – añadió Adrian.

"Entonces, ¿vives en esta área?" – preguntó con curiosidad.

"Sí, en la Mansión Cavendish. Es de mi familia y ahora resido allí" – respondió Alex.

"Isabel nos contó que estuviste viajando" – comentó Adrian.

"Sí, estuve en la India, ayudando con negocios familiares... y también buscando la cura para una enfermedad que afecta a alguien muy querido" – dijo Alex. Su voz seguía firme, pero en su mirada apareció un matiz de tristeza, volviéndola más oscura.

Isabel lo miró con atención y, sin pensarlo, dijo en voz baja:

"Ella no puede recordar cosas..."

"Debe ser difícil" – comentó Adrian, lanzando una mirada a Claire, quien observaba a Alex con tristeza.

"Doloroso y horrible" – respondió Alex con sinceridad.

"Lo siento mucho" – dijo Adrian con empatía.

"Gracias. Al final, siempre debemos hacer lo mejor para quienes amamos" – dijo Alex, mirándolo con determinación.

"Así que van a salir a cenar?" – preguntó Claire, cambiando de tema.

"Sí, me gustaría llevar a Isabel a un restaurante de sushi que me han recomendado. Dicen que es excelente. Volveremos pronto" – explicó Alex.

"No se preocupen. Disfruten y tómense su tiempo" – respondió Adrian con una sonrisa.

"Por cierto, Adrian, el nuevo presidente número 44 de los Estados Unidos es afroamericano" – comentó Alex. "Tal vez te interese saberlo" – añadió.

Adrian recordó su visita a Sikkim, cuando estaba en el Templo Pemayangtse observando el mural y escuchó la historia sobre un joven afroamericano que llegaría a la presidencia de los Estados Unidos. En ese momento, le pareció imposible. Impresionado por el comentario de Alex, esperó a que se fueran y rápidamente encendió el televisor para confirmar la noticia. Era cierta.

Isabel, por su parte, seguía sorprendida por la reacción de sus padres ante su cita improvisada con Alex. Aunque apenas lo había conocido, ellos parecían tranquilos y cómodos con él, lo que la hacía sentirse más relajada. La opinión de sus padres siempre había sido importante para ella.

"Veo que eres de esos hombres con autos deportivos" – comentó, admirando el elegante Aston Martin negro estacionado frente a su casa.

"No los compro, en realidad me los envían las compañías" – respondió Alex con una sonrisa mientras abría la puerta del pasajero para Isabel. "¿Vamos?"

"¿A qué te refieres con que te los envían?" – preguntó Isabel, frunciendo el ceño. "¿Quién eres exactamente?"

"Mi familia tiene acciones en la mayoría de las compañías de autos de lujo y deportivos. Me los envían como obsequios" – explicó él con naturalidad. "¿Tienes hambre?"

"Mucha"– respondió ella con una sonrisa, observando lo increíble que se veía al volante de su auto deportivo. Mientras conducía, Isabel se dio cuenta de que sentía una extraña mezcla de tranquilidad y nerviosismo. Algo dentro de ella estaba cambiando, y no sabía exactamente qué era.

Fueron a un restaurante pequeño y acogedor, donde pasaron un rato encantador probando distintos platos y adivinando sus ingredientes. Isabel no dejaba de sonreír, y Alex se sentía a gusto a su lado mientras jugaban a imaginar la vida de los demás comensales. Le encantaba verla así, feliz, y eso a su vez lo hacía feliz a él.

"¿Estás bien? Te noto algo triste" – preguntó Isabel cuando lo vio distraído, contemplando el fuego de una vela al final de la cena.

"Solo pensaba en que esta noche contigo está por terminar... Ojalá pudiéramos pasar más tiempo juntos" – confesó Alex con un dejo de melancolía.

"Yo tampoco quiero que termine" – admitió ella. "¿Qué hacemos ahora? Aún no hemos comido postre" – añadió con una sonrisa.

"Podemos tomarlo aquí o ir a otro lugar. Conozco un sitio con postres increíbles" –respondió él.

"¿Ah, sí? ¿Dónde?"

"En mi casa" – dijo con una leve sonrisa.

"¿Tu casa?" – preguntó Isabel, sorprendida. "No quiero que tengas una impresión equivocada..."

Alex negó con la cabeza. "Jamás. Sé quién eres y nunca pensaría nada inapropiado de ti" – aseguró con firmeza. "Puedo prepararte un postre delicioso, y así seguimos conversando. Pero siempre te respetaré."

Isabel lo miró, intentando descifrar cómo era posible que confiara tanto en alguien que acababa de conocer. Sin embargo, algo en su voz y en su mirada le transmitía seguridad.

"Está bien, confiaré en ti. Vamos entonces" – dijo, sorprendida por la tranquilidad que sentía en su presencia.

***

Condujeron hasta la casa de Alex, e Isabel quedó inmediatamente impresionada por la belleza del lugar. La imponente mansión estaba rodeada de árboles y rosales, con esculturas en la entrada que parecían custodiarla.

Al entrar, atravesaron un majestuoso salón antes de subir a otro espacio que Alex llamaba *El Estudio*. En el centro de la habitación, un gran telescopio apuntaba hacia el cielo, y sobre él, un alto techo de vidrio se abría para admirar las estrellas.

El Estudio era deslumbrante, decorado con exquisito detalle. Un gran candelabro se extendía desde el techo hacia un lado de la estancia, mientras figuras de ángeles parecían flotar a su alrededor. Todo en la habitación estaba en tonos de blanco y negro, y un enorme sofá negro se ubicaba cerca de un elegante piano. Estanterías repletas de libros rodeaban el espacio, dándole un aire sofisticado y ordenado. El aroma a rosas impregnaba el ambiente.

De pronto, un hombre alto y de porte distinguido apareció en la habitación. Se presentó como Phillip y, con voz calmada, preguntó si necesitaban algo. Isabel no pudo evitar pensar que tenía el porte de un guardaespaldas: educado y discreto. Alex le agradeció y luego llevó a Isabel a la cocina para prepararle un postre.

Optó por hacer croissants de chocolate, mientras le mostraba con entusiasmo su colección de máquinas de espresso. Isabel, aunque no era experta en café, disfrutaba viéndolo hablar con tanta pasión sobre sus máquinas y los distintos matices del sabor.

Después de la cena, decidieron ver una película. El ambiente era tan acogedor que Isabel terminó quedándose dormida en el sofá. Alex la cubrió con una manta, y por un momento se quedó contemplándola, admirando su belleza y la paz en su expresión. Antes de acomodarse a su lado, avisó a sus padres que estaba bien, gesto que ellos apreciaron.

Finalmente, se recostó junto a ella, sosteniendo su mano. Isabel, en su sueño, apoyó la cabeza sobre su hombro. Para Alex, fue un momento mágico.

Pudo sentir la suavidad de su piel y el aroma único e intoxicante que emanaba de ella. Amaba cómo olía, y el simple hecho de tenerla tan cerca en sus brazos era todo lo que siempre había deseado.

***

Cuando Isabel despertó, se encontró rodeada de almohadas y sábanas increíblemente cómodas. Seguía vistiendo la misma ropa de la noche anterior. Se dio cuenta de que se había quedado dormida en casa de Alex, y debía de haber descansado profundamente porque se sentía completamente relajada.

Se levantó del sofá y tomó sus zapatos. Cerca de ella, un hermoso portarretratos llamó su atención. En la imagen, una bella mujer tomaba la mano de un hombre. Parecían una pareja, pero en sus ojos se reflejaba una sutil tristeza. Isabel sintió una punzada en el pecho al mirar la foto. Algo en aquel lugar le resultaba familiar, pero no lograba recordar cuándo había estado allí antes.

Siguiendo el aroma de algo delicioso, caminó hacia la cocina, donde escuchó ruidos de alguien cocinando. La estancia era luminosa y acogedora, con flores frescas adornando las ventanas.

—Buenos días, princesa —dijo Alex acercándose a ella y besando suavemente su frente—.Veo que descansaste bien.

—No puedo creer que me haya quedado en tu casa —respondió Isabel con un tono de vergüenza—. Mira lo que hiciste, me trajiste aquí y dormí toda la noche.

—Y conmigo —añadió él, guiñándole un ojo.

—¿Qué?—exclamó ella, aún más avergonzada.

—¿Porqué tanta sorpresa? Somos amigos, y eso es lo que los amigos hacen cuando deciden ver una película tan larga a medianoche —dijo él con naturalidad mientras volteaba un waffle en la sartén—. Espero que tengas hambre, porque te estoy preparando un desayuno espectacular.

—¿Ves? Eso es lo que te ganas por dormir en mi casa: un trato especial —añadió con una sonrisa.

—Pues sí que tengo hambre —dijo Isabel, sentándose en una de las sillas—. Mis padres deben estar preocupados.

—Los llamé anoche para avisarles que te quedarías aquí, y estuvieron de acuerdo—respondió él con calma.

—¿De acuerdo? ¿En serio? ¿No se quejaron? —preguntó sorprendida.

—No, todo estuvo bien —dijo él mientras servía la comida.

—¿Cómo conseguiste el número de mi casa? —quiso saber ella.

—Me llamaste anoche, ¿recuerdas?

—Ah, claro... —respondió Isabel, aún con la mente un poco dispersa.

Isabel comenzó a comer y dijo:
"Esto sabe muy rico, cocinas excelente."

"Me alegra que te guste. Te dije que me gusta cocinar" – respondió Alex con una sonrisa satisfecha.

"Y lo haces muy bien" – dijo Isabel mientras saboreaba su waffle de chocolate. Era dulce, suave y delicioso.

Alex, con su franela blanca y pantalones de pijama, irradiaba una sensualidad natural que Isabel no podía ignorar. Su cabello despeinado y su postura relajada lo hacían aún más atractivo. De repente, sintió un calor recorrer su cuerpo. Su piel se estremeció, y deseó que hubiera una brisa fresca para calmar el ardor que nacía en su interior.

"Tienes chocolate en un lado de tus labios" – dijo Alex con voz baja, acercándose a ella con una mirada intensa.

Antes de que pudiera reaccionar, él rozó con su pulgar la comisura de sus labios, limpiando con lentitud la pequeña mancha de chocolate. El simple contacto encendió una chispa en su piel. Isabel contuvo la respiración. Su mirada se alzó hasta encontrar la de él, y en ese instante supo que no había vuelta atrás.

El aire pareció cargarse de electricidad.

La necesidad la golpeó con una fuerza incontrolable. Se inclinó hacia él sin pensarlo y lo besó.

El plato que Alex sostenía cayó con un golpe seco sobre la mesa, pero ninguno de los dos le prestó atención. Él la atrapó entre sus brazos con una urgencia desesperada, devorando sus labios con la misma intensidad que ella lo deseaba. Su lengua exploró la de Isabel, y un gemido escapó de su garganta cuando sintió la calidez de su boca.

Las manos de Isabel se aferraron a su nuca, profundizando el beso, sintiendo cómo el deseo se expandía entre ambos como una llamarada. Alex la alzó con facilidad y la sentó sobre la enorme mesa de madera, empujando platos y cubiertos a un lado sin preocuparse por nada más que ella.

"Me vuelves loco..." – murmuró él contra su cuello, dejando besos ardientes que la hicieron temblar.

Isabel jadeó cuando sus labios descendieron hasta su clavícula. Su cuerpo reaccionó por instinto, sus piernas se abrieron para enredarse en su cintura, atrayéndolo más cerca, buscando desesperadamente su calor. Alex deslizó sus manos por su cintura, subiendo lentamente su blusa mientras sus labios continuaban explorándola, arrancándole suspiros entrecortados.

Su piel ardía, su corazón latía con fuerza, y cuando sintió el roce de su pecho desnudo contra el de él, supo que ya no había marcha atrás.

"Isabel..."– susurró Alex con voz entrecortada, con su frente apoyada en la de ella –"¿Realmente quieres esto?"

Ella sostuvo su rostro entre sus manos y lo miró fijamente a los ojos. Su cuerpo temblaba, no de miedo, sino de pura necesidad.

"Sí, Alex... Te quiero. Te necesito."

Y con esas palabras, ambos se entregaron a la pasión que los consumía, dejando que el deseo hablara por ellos.

"Soy toda tuya" —susurró Isabel contra sus labios.

Alex sintió que esas palabras encendían algo aún más profundo en su interior. Su aliento se entremezcló con el de ella mientras sus besos se volvían más intensos, más urgentes. Sus manos exploraban su cuerpo con una devoción casi reverente, trazando cada curva como si quisiera memorizarla para siempre.

Los gemidos suaves de Isabel alimentaban su deseo. Su piel ardía bajo sus caricias mientras él la recorría lentamente, disfrutando cada estremecimiento de placer que le provocaba. Se dejó llevar por la forma en que su cuerpo respondía a él, cómo se arqueaba, cómo lo llamaba sin palabras.

"Voy a hacerte mía..." —murmuró con voz entrecortada, mirándola fijamente a los ojos antes de deslizar sus labios por su cuello.

Ella tembló, cerrando los ojos y entregándose por completo. La pasión los arrastró como una tormenta, y pronto se encontraron perdiéndose el uno en el otro, entrelazados en un ritmo que hablaba de necesidad y entrega absoluta.

El mundo a su alrededor desapareció. Solo existían ellos dos, el calor de su piel, la intensidad de sus caricias, los suspiros entrecortados llenando la habitación. El placer los envolvía como una ola que los llevaba cada vez más alto hasta que, juntos, alcanzaron la cúspide de ese deseo desenfrenado.

Respirando entrecortados, quedaron tendidos, con los cuerpos aún temblorosos por la intensidad del momento. Isabel apoyó la cabeza sobre su pecho, sintiendo el latido acelerado de su corazón.

Alex deslizó sus dedos por su cabello, besando su frente con ternura. "No tienes idea de lo que me haces sentir..."

Isabel sonrió con los ojos cerrados, disfrutando la calidez de su abrazo. "Creo que sí..."

Él la estrechó entre sus brazos, como si no quisiera soltarla jamás.

"Eres adictivo..." —susurró ella, deslizando los dedos por su espalda.

Alex soltó una risa grave, besando su frente con ternura. "Bueno, tú lo eres también."

La abrazó más fuerte, como si quisiera fundirse con ella. Sus manos recorrieron lentamente sus caderas, provocándole pequeños estremecimientos eléctricos con cada caricia.

Entonces, él se detuvo un momento, mirándola a los ojos con intensidad.

"Isabel...eras virgen."

Ella asintió con suavidad. "Sí."

"¿Te sientes bien después de esto?"

Una sonrisa cruzó los labios de Isabel. "Sí. Tú eras el indicado. Incluso si yo no soy la indicada para ti, o si decides no verme de nuevo... no me arrepiento."

Alex se incorporó levemente, con una expresión de sorpresa y determinación.

"¿Qué? Isabel, soy tuyo. Quiero estar contigo por el resto de mi vida y de la eternidad." Deslizó su mano por su rostro con delicadeza, asegurándose de que lo viera, de que lo sintiera. "Si supieras cuánto te amo..."

Los ojos de Isabel se abrieron con asombro.

"¿Me amas?"

"Sí."

"Pero nos acabamos de conocer."

"Lo sé. Pero te amo. Desde el momento en que te vi por primera vez." Sus dedos se deslizaron hasta su cuello, su pulgar rozando suavemente su mandíbula. "Te dije que soy tuyo para siempre, y es cierto."

Isabel tragó saliva, sintiendo su mundo girar en un vértigo dulce.

"¿Qué me has hecho, Alex? Hace dos días era una persona totalmente distinta... y ahora siento esto." Su voz bajó a un murmullo. "Es demasiado extraño porque se siente como si hubiésemos estado juntos antes... Y durante... durante mis orgasmos... vi cosas."

Él la miró con una mezcla de curiosidad y adoración.

"¿Qué viste?"

"Nos vi...en otro lugar, en algún rincón del universo. Un sitio lleno de gigantes, de dioses... como si fuésemos parte de una civilización antigua." Su respiración se aceleró al recordar. "También vi un mapa de estrellas... me guiaban a algún sitio, pero jamás había visto ese cielo."

Alex le tomó la mano con suavidad, entrelazando sus dedos.

"No te preocupes, a veces los sueños son realidades, y aún no lo sabemos."

Isabel cerró los ojos un instante. "No lo sé, Alex. No se sentía como un sueño. Se sentía real. Y también sentía... que necesitaba estar siempre contigo. Como si me completaras."

"Me completas tú también."

El silencio entre ellos se llenó con el eco de su conexión. Entonces, Isabel rió suavemente, mirándolo con picardía.

"Tu personal debió habernos escuchado... literalmente estábamos gritando."

Alex sonrió con arrogancia. "Al menos gritábamos de placer. Pero no te preocupes, son discretos."

Ella se mordió el labio inferior, sintiendo el deseo resurgir en su interior.

"Tenemos almuerzo con mis amigos en dos horas... y tengo la misma ropa de anoche. Pero lo único que quiero es a ti dentro de mí de nuevo. Es como un hambre que no puedo saciar."

Alex deslizó sus labios hasta su cuello, besándolo con una ternura provocadora.

"Entonces lo que quieres es más."

Isabel gimió suavemente al sentirlo recorrer su piel.

"Espera..."—dijo con esfuerzo—. "Necesito llamar a Victoria para cancelar el almuerzo."

Alex la miró con diversión, sin soltarla. "Si no vamos al almuerzo, entonces ¿cómo podrás decidir si quieres que te acompañe a la gala esta noche?"

Ella lo miró con intensidad, sintiendo que se ahogaba en sus ojos.

"Bésame y te diré."

"Victoria, discúlpame, pero Alex y yo tendremos que cancelar el almuerzo" – dijo Isabel por teléfono.

"¿Porqué? ¿Qué pasó? Llamé a tu casa y Kani dijo que no te había visto desde anoche"– respondió Victoria con evidente curiosidad. "¿Dónde estás?"

"Estoy con Alex en su casa desde anoche" – confesó Isabel.

Hubo un breve silencio antes de que Victoria respondiera con un tono inusualmente neutro.

"Entiendo. Bueno, te veo esta noche en la gala" – dijo sin insistir más. "Ambos vendrán, ¿verdad? Tienes mucho que contarme."

"Lo intentaremos" – respondió Isabel. "Y sí, definitivamente tengo mucho que contarte. Te veo luego. Bye."

Colgó la llamada, pero se quedó pensativa. Era extraño que Victoria no hubiera hecho más preguntas. Ella era la reina de la curiosidad, siempre quería saberlo todo, incluso cuando podía resultar indiscreta. Pero esta vez simplemente aceptó la respuesta sin insistir más.

"Extraño..."– pensó Isabel.

Alex, ajeno a sus pensamientos, se deslizó bajo las sábanas con ella y la rodeó con sus brazos.

"Ahora tengo que convencerte de que me lleves a la gala contigo, princesa" – susurró con una sonrisa juguetona.

Isabel soltó una carcajada, una risa sincera y despreocupada que llenó la habitación.

Alex cerró los ojos por un instante, disfrutando el sonido. Hacía tanto tiempo que no la escuchaba reír así... y su corazón se sintió completo de nuevo.

***

"Adrian, ¿deberíamos preocuparnos por Isabel?" – preguntó Claire, con el ceño fruncido y la voz cargada de inquietud.

"No, amor. Ellos están destinados a estar juntos, y esta oportunidad que han tenido es crucial. Debemos dejarlos disfrutarla" – respondió Adrian con serenidad.

"Quizás ella realmente lo ama... Tal vez hasta la ayude a recordar" – dijo Claire, aferrándose a la esperanza.

Adrian asintió pensativo.

"Es evidente que le gusta, y eso es fascinante. Aun sin sus memorias, sin sus experiencias previas, sigue sintiendo algo por él. Eso demuestra cuán fuerte es su amor. No es de extrañar que el amor sea una de las fuerzas más poderosas que trasciende cualquier barrera" – reflexionó. Luego suspiró. "Pero, tristemente, puede que sus recuerdos nunca vuelvan, ni siquiera con su presencia."

Claire bajó la mirada, con la preocupación aún pesando en su pecho.

"No quiero que le hagan daño. Zagreus ha sido imprudente con sus decisiones y eso ha repercutido en Isabel" – dijo, apretando los puños con frustración. "La decisión del Sueño Dorado fue por él. Ella solo quería salvarlo."

Adrian la tomó suavemente por los hombros, buscando calmarla.

"Mi amor, nuestro rol aquí es ayudarlos" – le recordó con voz firme pero llena de ternura. "No podemos juzgar lo que ha ocurrido sin saber qué los llevó hasta este punto. Lo importante es que Isabel está bien con él. He visto esa mansión, es una fortaleza. Están a salvo. Y si algo sé con certeza, es que ese chico haría lo imposible por protegerla."

Claire cerró los ojos por un momento, tratando de contener la angustia.

"Es mi hija, Adrian. Necesito asegurarme de que no correrá más riesgos ni volverá a sufrir" – su voz se quebró un poco. "Me destrozó verla así cuando Hades le devolvió sus memorias y experiencias... Estaba desesperada. Perdida."

Adrian la abrazó con fuerza, apoyando su frente contra la de ella.

"Lo sé, mi amor. Me partió el alma también. Pero quizás nuestra misión aquí sea convertirnos en su roca, en su refugio. Debemos ser fuertes por ellos, porque nada puede quebrarnos."

Claire respiró hondo, sintiendo cómo su angustia se disipaba un poco.

"Tienes razón" – susurró. Luego, tratando de cambiar el tema, sonrió levemente. "Hoy es la gala... Ojalá vengan. El vestido de Isabel es hermoso."

Adrian le acarició el rostro con cariño.

"El tuyo también lo es, amor" – dijo con una sonrisa. Luego, le tendió la mano. "Ven, siéntate conmigo. Leamos un rato. Todo estará bien."

Claire se dejó guiar y, al recostarse contra su esposo, sintió su corazón mucho más liviano.

***

"Me podría acostumbrar a que me consientas de esta forma"- dijo Isabel después de una hora entera de sexo y otra hora en la tina juntos.

"Ya sé que amas tus baños de burbujas"- comentó Alex. Luego se dio cuenta de que Isabel no sabía que él sabía eso.

"¿Cómo sabes eso? Pareciera que me conoces muy bien"- dijo ella mientras acariciaba su brazo.

"Solo supuse que te encantan. Por eso quise darte uno"- respondió él, besando su espalda.

Ya era tarde, y no mostraban señales de querer salir a ningún lado. Solo conversaban y se reían, jugando a ver quién era más rápido atrapando burbujas.

Salieron de la tina y Isabel se puso una de las franelas de Alex. Justo en ese momento alguien tocó la puerta. Alex abrió y le trajeron varias bolsas con ropa nueva y zapatos.

"Mientras dormías antes, me tomé la libertad de pedirle a Phillip que comprara ropa para que puedas usar aquí" - explicó Alex.

"¿Acaso planeas mantenerme cautiva aquí para siempre?" - bromeó ella.

"No para siempre, pero sí todo el tiempo que desees. Esta es también tu casa, Isabel. Cuando quieras venir y quedarte, puedes hacerlo. La casa y yo somos tuyos"- dijo él.

"¿Qué quieres decir?" - preguntó ella mientras se ponía una blusa.

"Me refiero a que puedes venir y quedarte cuando quieras"- respondió él, acercándose más a ella.

"Sabes que vivo con mis padres"- dijo ella.

"Lo sé, pero ¿qué tal si te vienes a vivir conmigo?" - preguntó él.

Isabel se quedó en shock. No esperaba que Alex le pidiera vivir juntos, pero al mismo tiempo le encantaba la idea de estar siempre con él.

"Piensa en ello"- dijo él. "No tienes que darme una respuesta ahora" -añadió.

Capítulo 5

El Mapa de Estrellas

*M*ás tarde, *fueron* al estudio con el telescopio. Había dibujos de símbolos que Isabel sentía que le eran familiares.

"Conozco esos símbolos"- dijo ella. "No me preguntes cómo, porque no tengo la respuesta a eso, pero los conozco"- añadió.

"¿Dónde los has visto antes?" - preguntó él.

"No estoy segura. Pero ese símbolo de allí significa paz"- dijo ella, señalando un símbolo con un círculo y dos flechas que se cruzaban. "Y ese de allí es el símbolo de la guerra"- añadió, señalando un símbolo con un círculo y una flecha rota atravesándolo. "¿Cómo sé eso?" -preguntó ella irónicamente.

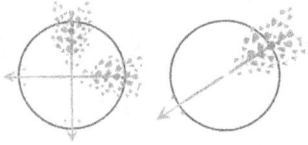

"Quizás los has visto en algún sitio antes"- dijo él mirándola.

"No estoy segura"- dijo ella. "Quizás"- añadió dudando.

Isabel se paró frente a dos sillas que estaban colocadas una frente a la otra. Una era blanca y la otra negra. Se quedó mirando ambas sillas, y había algo en ellas que la hacía recordar que significaban algo importante. Estaba usando una de las franelas de Alex, con su cabello suelto y sin zapatos.

"Si supieras lo sexy que te ves allí parada"- le dijo Alex admirándola desde atrás.

"¿Sexy?"- preguntó ella.

"Sí, y muy provocativa de una forma que me hace sentir que no puedo dejar de sentirte"- dijo él.

Se acercó lentamente hacia ella y sostuvo su cintura antes de comenzar a besarla apasionadamente.

"Eres mi adicción, Princesa"- le dijo mientras la besaba.

"Me encanta sentir tus manos en mi cuerpo"- dijo ella.

"Me encanta tocarte"- dijo él.

Mientras se besaban, Isabel pudo ver el telescopio colocado justo en el medio del estudio.

"¿Ese telescopio está fijado mirando a algo en particular? Es enorme. Debes ser un gran fan de la astronomía"- dijo ella.

"Ven, permíteme mostrarte"- dijo Alex tomando su mano para llevarla hacia el telescopio. "Mira acá"- añadió.

Isabel se sentó en la silla flotante que estaba adaptada en el telescopio. Alex miraba sus piernas desnudas y se mordía los labios de deseo. Ella miraba a través del telescopio por un largo tiempo.

"Esto es hermoso"- dijo ella emocionada. "Puedes ver detalles y colores de cosas allá fuera. No sabía que podría ser tan interesante"- añadió.

"Mis padres solían mirar por ese telescopio por horas antes de yo nacer. Cuando esperaban por mi venida, siempre se imaginaron que yo vendría de una estrella con vida"- dijo él.

"¿Y dónde están ahora?" - preguntó ella mirándolo.

"Ambos murieron en un accidente hace muchos años. Ahora estoy solo con mi tío, cuidando de las empresas"- dijo él.

"Ya no estás solo. Me tienes a mí"- dijo ella acariciándole el cabello.

"Tú me tienes también"- dijo él. "¿No tienes hermanos?" - le preguntó.

"No, de hecho, fui una bebé milagro para mis padres. Pasaron parte de su tiempo con la idea de que no podrían tener hijos hasta que yo vine a sus vidas. Siempre han dicho que les traje infinita felicidad"- dijo ella.

"Estoy seguro de eso. Eres muy especial y una buena chica. Estoy seguro de que están muy orgullosos de ti"- dijo él.

"Bueno, excepto ahora que seguro estarán molestos por no haber ido a casa anoche"-dijo ella.

"Ellos saben que estás acá conmigo y a salvo"- dijo él. "Ahora bien, ¿puedo llevarte a la gala?"- preguntó, dándole un beso en la frente.

"Mi vestido está en casa"- dijo ella.

"Ahora está acá. Envié a Phillip a buscarlo y tu mamá lo envió"- dijo él."Por supuesto que pude haberte comprado uno, pero tus amigos se esforzaron a conseguirte el vestido perfecto, y me muero por verte en él"- agregó.

"¿Y mi mamá envió el vestido sin quejarse? Realmente esa actitud no se parece a ella, y más que ella esté de acuerdo en que yo vaya contigo, que apenas te conozco"- dijo Isabel sorprendida.

"Pues sí" – dijo él con una sonrisa.

"¿Te importaría si los llamo rápidamente?" – preguntó ella, con un atisbo de ansiedad en la voz.

"Por supuesto que no. Puedes usar el teléfono de aquí" – respondió Alex, señalando el elegante aparato sobre el escritorio.

Isabel se acercó y tomó el auricular, mientras Alex se levantaba del sofá.

"Te dejo sola para que tengas privacidad" – dijo él con suavidad antes de salir del estudio, cerrando la puerta tras de sí.

**

"Mamá, soy yo, Isabel. Lamento no haber ido a casa desde anoche. Sigo aquí con Alex y..." – comenzó a decir Isabel, pero su madre la interrumpió con suavidad.

"Cariño, no te preocupes. Lo único que nos importa es que estés bien y a salvo. Alex es un caballero, nos llamó anoche para avisarnos que te quedarías con él" –respondió Claire con un tono cálido.

Isabel pudo percibir a través del teléfono el sonido de su madre arreglándose para la gala, probablemente sujetando el auricular entre el hombro y la mejilla mientras se colocaba los pendientes.

"Pensé que estarías molesta conmigo por haberme quedado con un... extraño" – dijo Isabel con cierta inseguridad.

Claire soltó una leve risa. "Cariño, Alex no es un extraño. Lo conocimos anoche y me causó una excelente impresión. Más allá de eso, lo importante es: ¿te sientes bien con él?"

"Sí, claro... incluso me preparó el desayuno" – dijo Isabel, con una sonrisa en la voz. "Estábamos viendo una película y me quedé dormida."

"La vida es corta, y a veces la pasamos preocupándonos por cosas que, al final, no importan. No dejes que la sociedad dicte cómo debes vivir tu felicidad. Si eres feliz, eso es lo único que nos importa" – respondió Claire con ternura.

Isabel tragó saliva antes de decirlo.

"Me pidió que me viniera a vivir con él."

Hubo un breve silencio al otro lado de la línea.

"¿Y qué le respondiste?" – preguntó Claire, su voz ahora más pausada, analizando cada palabra.

"Que lo pensaría... Apenas lo conozco, mamá. Y pronto comenzaré la Escuela de Medicina. Una relación nunca estuvo en mis planes" – admitió Isabel.

"¿Y qué es lo que realmente deseas?" – preguntó Claire con dulzura, enfocada en la respuesta de su hija.

Isabel cerró los ojos un instante antes de hablar.

"Lo amo"– confesó en un susurro.

La palabra flotó en el aire entre ambas, como si Isabel misma se sorprendiera al decirla en voz alta.

"Sé que pensarás que estoy loca, que lo que siento no puede ser amor... pero esto es más grande que cualquier cosa que haya sentido antes. Me siento atrapada en él" –agregó con una mezcla de miedo y emoción.

"El amor es hermoso, no es algo en lo que debas sentirte atrapada" – dijo Claire con suavidad.

Isabel dejó escapar un suspiro tembloroso.

"Lo amo tanto que siento que no puedo separarme de él. Es como si necesitara respirar su aire para poder seguir viviendo" – admitió. "Sé que suena cursi, pero es la verdad."

Al otro lado, Claire sonrió con ternura.

"Mi amor... cuando es real, no importa cuánto tiempo haya pasado. El amor tiene su propio lenguaje y su propio ritmo. No lo cuestiones tanto... solo vívelo."

"Suena como si estuvieras enamorada, cariño, y eso es algo maravilloso. ¿Por qué no simplemente disfrutarlo?" – dijo Claire con una sonrisa.

"¿Crees que debería darle una oportunidad?" – preguntó Isabel.

"Creo que deberías darte a ti misma la oportunidad" – respondió Claire. "Escucha a tu corazón, porque nada más importa."

"Gracias, mamá. Me siento mucho mejor después de hablar contigo. ¿Cómo está papá? ¿Van a la gala?" – preguntó Isabel.

"Tu padre está tratando de descifrar el misterio de cómo ponerse un traje correctamente. Ya lo conoces. Y sí, vamos a la gala. ¿Vendrás? Te envié el vestido con Phillip. Es un hombre encantador, por cierto. Le fascinó mi tarta de chocolate" – dijo Claire.

"Sí, lo tengo, mamá. Gracias. Vamos a ir. Te veré allí entonces" – respondió Isabel.

Mientras colgaba, intentaba imaginarse a Phillip siendo amable o incluso sonriendo. Siempre tenía un aire serio, y le costaba creer que hubiera disfrutado la tarta de chocolate con su madre.

Suspiró, sintiendo alivio al saber que sus padres estaban tranquilos y confiaban en ella. Miró a su alrededor y una sensación de familiaridad la envolvió. Había algo en aquel lugar, algo que evocaba recuerdos, aunque no estaba segura de cuáles.

Entonces la vio.

Una silla negra. Elegante, imponente. Algo en ella la llamaba.

Se acercó con cautela, un extraño cosquilleo recorriéndole la piel. No entendía por qué, pero aquella silla despertaba en ella una inquietud inexplicable.

Se sentó.

Y entonces, sucedió...

Cuando su piel tocó la silla, un estruendo sacudió el cielo y la tierra tembló. Fue breve, pero intenso. Isabel sintió cómo la silla absorbía su energía con una fuerza indescriptible.

Alex irrumpió en el estudio y la encontró sentada en la silla, los ojos cerrados, mientras un resplandor dorado la envolvía.

"¡Isabel!¿Estás bien?" – exclamó, pero no pudo acercarse. La luz que emanaba de la silla formaba un escudo impenetrable.

No hubo respuesta. Isabel permanecía inmóvil, con una leve sonrisa en los labios, como si aquel contacto le proporcionara un placer inexplicable.

Entonces, su piel comenzó a brillar. Pequeñas chispas de luz, como escarcha etérea, flotaban a su alrededor. Alex contuvo la respiración. Estaba presenciando algo imposible.

Isabel abrió los ojos lentamente.

"Alex...¡recuerdo cosas!" – susurró con asombro.

Él la miró, perplejo. "Es imposible..."

"No nos conocimos por coincidencia. Estamos destinados el uno al otro" – afirmó ella con convicción. "Vi tu tristeza y tu soledad... Vi lo que está ocurriendo en el mundo y en un lugar llamado Gaia."

Su respiración se aceleró.

"Me vi tomando el Sueño Dorado... Vi a Chronus tomando mis memorias y experiencias... Vi la preparación de la Gran Guerra... y vi un mapa de estrellas que me muestra cómo recuperar lo que me pertenece."

Alex permanecía inmóvil, sin palabras. Afuera, las sirenas de ambulancias rompían el silencio de la noche. El temblor había durado apenas unos segundos, pero el eco de su impacto seguía latente.

Desde la distancia, el estruendo de una tormenta eléctrica resonó en el horizonte. Algo se estaba desatando.

"Isabel, por favor, toma mi mano" – le pidió Alex con urgencia. La conexión entre ella y la silla estaba desencadenando un caos imparable. Necesitaba alejarla antes de que fuera demasiado tarde.

Pero Isabel apenas lo escuchaba.

"Soy la futura Reina" – murmuró. "Hay tristeza... injusticia... Puedo sentir el dolor y la pérdida que has sufrido. Necesitas escucharme, Alex. Puedo ver el mapa de estrellas. Encuentra la estrella de Capadocia, Zagreus..."

Su voz se fue apagando.

"¡Isabel, por favor!" – insistió Alex, tendiéndole la mano con cautela.

Ella finalmente la tomó y, en cuanto lo hizo, su cuerpo perdió toda fuerza.

Alex la sostuvo y, con cuidado, la llevó hasta el enorme sofá cercano.

Sin perder tiempo, tomó su teléfono y marcó con rapidez.

El tono de llamada ya sonaba.

"¿Zagreus, estás bien?" – preguntó Orfeo con urgencia. "Las mediciones de actividad son enormes. Algo acaba de suceder en la Tierra. Varias placas tectónicas se movieron al mismo tiempo y la señal que recibimos fue descomunal. ¿Encontraste a Isabel?"

"Está aquí conmigo" – respondió Zagreus.

"¿Está bien?" – insistió Orfeo, intrigado.

"Lo estaba... hasta hace unos segundos, antes de sentarse en la silla negra" – dijo Zagreus con seriedad.

"¿Su silla? No entiendo" – replicó Orfeo.

"Todo ocurrió en el momento en que se sentó. Dice que recuerda cosas. Mencionó Gaia, el Sueño Dorado, la Gran Guerra... y un mapa de estrellas que nos llevará a recuperar sus memorias y experiencias" – explicó Zagreus. Hizo una pausa antes de añadir: "Incluso me llamó Zagreus."

"No puede ser. Ella no recuerda nada... Chronus tiene todas sus memorias y experiencias" – murmuró Orfeo.

"Lo sé, pero de algún modo, las recuerda" – insistió Zagreus.

Orfeo guardó silencio unos segundos. Luego exhaló bruscamente.

"Por los mil universos..."

"¿Qué sucede?" – preguntó Zagreus, notando la tensión en su voz.

"A menos que... tenga sangre de Ángel corriendo por sus venas" – dijo Orfeo finalmente.

"Eso es imposible. Isabel es una Diosa pura de Gaia. En sus venas solo corre sangre de los Dioses" – replicó Zagreus.

"Lo sé"– admitió Orfeo. "Déjame investigar esto. Estaré en contacto. ¿Qué dijo sobre el mapa de estrellas?"

"Mencionó la Estrella Capadocia" – respondió Zagreus.

"¿Capadocia?"– Orfeo quedó en silencio. "No puede ser... es imposible."

"Lo sé"– dijo Zagreus. "Haz tu investigación y dime lo que descubras."

Orfeo tomó aire. "¿Está segura ahora?"

"Está aquí conmigo y no permitiré que nada le suceda" – aseguró Zagreus, mirando aIsabel aún inconsciente en el sofá.

"Bien...porque estoy detectando otras anomalías. Algo más se acerca a la Tierra."

Zagreus frunció el ceño. "Sé exactamente quién viene."

"Y por todos los dioses, ¡no la dejes sentarse en esa silla otra vez!" – exclamó Orfeo.

***

Zagreus acariciaba suavemente el cabello de Isabel mientras ella seguía inconsciente. Su respiración era tranquila, pero su expresión mostraba rastros de lo que acababa de experimentar.

Un golpe en la puerta del estudio rompió el silencio. Era Phillip.

"Alex, ¿están bien?" – preguntó con preocupación.

"Sí, estamos bien. Gracias" – respondió Alex, aunque su mirada permanecía fija en Isabel. Luego, levantándola con cuidado en sus brazos, añadió: "Necesitamos asegurar este lugar. Se avecina un evento."

Phillip asintió con firmeza. "Entendido." Sin más palabras, salió del estudio para cumplir con la orden.

Capítulo 6

La visita

Isabel yacía en la cama, su respiración tranquila, pero su mente sumergida en un torbellino de recuerdos.

"Los recuerdo... Hades... Chronus..." –murmuró repetidamente en sueños.

Alex la observaba con el ceño fruncido. Sabía exactamente de qué hablaba, pero no podía explicarse cómo Isabel recordaba.

De repente, un estruendo sacudió el cielo. Un sonido ominoso, profundo y vibrante. Alex sintió la presencia acercándose. Se levantó de inmediato y cerró con seguridad la puerta del dormitorio, activando el sofisticado sistema de protección: barras de acero, sensores láser de movimiento y alarmas infrarrojas listas para detectar cualquier intrusión. Isabel tenía que estar a salvo.

Al llegar al estudio, se detuvo en seco. Dos figuras altas lo esperaban, observándolo con una mezcla de diversión y autoridad.

Uno de ellos tenía el cabello largo y blanco, impecablemente vestido con un traje gris. El otro, con cabello negro y largo, vestía un elegante traje negro de etiqueta.

Zeus y Hades.

Alex no se sorprendió.

"Por supuesto que sabías que vendríamos" – dijo Zeus con una sonrisa astuta. "¿Pensaste que la reacción de energía que Makala desató pasaría desapercibida? Tienes suerte de que la casa siga en pie después de eso. Tu gente ha hecho un buen trabajo protegiéndola" – añadió con satisfacción.

"Hola, padres" – dijo Alex con frialdad. "¿Qué demonios hacen en mi casa?"

"No deberías ser tan descortés con tus progenitores" – respondió Hades con voz grave. "Estamos felices de verte después de tanto tiempo. Sabes que hemos intentado ayudarte todos estos años."

"Ahórrate el discurso. Ustedes fueron los que intentaron matarme" – espetó Zagreus, sus ojos oscurecidos por la ira contenida.

"¡Robaste lo que nos pertenecía!" – exclamó Zeus, su voz resonando con poder.

Hades miró a su alrededor con desdén. "Veo que te has acostumbrado demasiado a la compañía de los humanos. Te has rodeado de banalidades y distracciones materiales... pero las vanidades no sirven en el más allá" – añadió, sus ojos clavándose en los de Zagreus con un desafío silencioso.

"¿Para qué vinieron?" – preguntó Zagreus, respirando hondo, conteniendo las ganas de luchar.

Zeus sonrió con frialdad. "Vinimos a recordarte que los ladrones son castigados severamente, y la mayoría de las veces, ejecutados. Especialmente cuando roban a sus Reyes."

Hades avanzó un paso, su mirada recorriendo la habitación. "Los Administradores te están buscando, Zagreus. Viniste a la Tierra sin autorización, violando las reglas de encarnación. Te has metido en serios problemas."

"Ahora bien, ¿dónde están el compás y la capa de invisibilidad?" – preguntó con calma, aunque sus ojos reflejaban peligro. "Esta vez, Perséfone no estará aquí para salvarte."

Zagreus los observó con furia contenida. "Eliminen el decreto que impide que Makala y yo estemos juntos, y consideraré devolverles todo."

Hubo un breve silencio. Zagreus miró a sus padres, esperando ver un atisbo de compasión, un resquicio de afecto.

Zeus rompió a reír. "Oh, Zagreus, no juegues a las emociones con nosotros. Sabes que no las tenemos. Qué lástima ver a un gran guerrero como tú desperdiciando su tiempo en sentimentalismos."

Hades asintió. "Entrega la capa y el compás."

"No lo haré."

El aire en la habitación se volvió denso. Zeus entrecerró los ojos. "Está bien...entonces tendré que enseñarte respeto."

Antes de que Zagreus pudiera reaccionar, Zeus se movió con velocidad divina. Lo tomó del cuello y lo levantó del suelo con una fuerza brutal. En un solo movimiento, lo arrojó contra la pared con una explosión de energía.

Zagreus cayó pesadamente, sintiendo el ardor de una profunda herida en su brazo derecho.

Hades suspiró con indiferencia. "Zeus, si lo matas, nunca sabremos dónde están nuestras cosas."

Zagreus apretó los dientes. Se movió con dificultad en el suelo mientras Zeus se preparaba para atacar de nuevo.

"¡Ahora, Phillip!" – gritó Zagreus.

Una luz roja brillante iluminó la habitación. Desde la entrada, Phillip disparó sin dudar. El haz de energía impactó directamente contra Zeus, inmovilizándolo con una fuerza abrumadora.

Hades reaccionó al instante. Se lanzó hacia Zagreus como una sombra mortal.

Phillip giró el arma y apuntó a Hades, pero antes de disparar, Hades levantó una mano y, con un solo gesto, el arma se desintegró en cenizas.

"¿Eso es todo lo que tienen?" – murmuró Hades con una sonrisa oscura, avanzando sin piedad.

"¡Te enseñaré el respeto!" —gritó Hades, levantando a Zagreus del suelo con su mano y lanzándolo hacia el techo. Un fuerte golpe lo hizo caer de nuevo al piso.

Zagreus permaneció inmóvil mientras Hades se acercaba a Zeus, que estaba debilitado por el láser.

Phillip intentaba acercarse a Zagreus.
"Acabaré con él" —dijo Zeus.

De repente, su cuerpo dejó de moverse, estaba completamente congelado.

"¿Qué sucede, Hades?" —preguntó Zeus.
Hades tampoco podía moverse, sus extremidades no respondían.

Ambos intentaban moverse sin éxito cuando una voz resonó:

"Ustedes, dioses, nunca aprenden" —era el ángel William, que apareció frente a ellos.
"No puede ser posible" —exclamó Hades.

"Ambos pagarán por sus crímenes, pero antes me gustaría que presenciaran la destrucción de todo lo que tomaron ilegalmente de su padre" —dijo William. "Hades, no quiero verte nuevamente por acá. Ya es la segunda vez que nos encontramos en pocos días, suficiente de tu presencia indeseada" —agregó antes de lanzar un rayo de luz directamente hacia Zeus y Hades, que se transformó en una soga que los inmovilizaba aún más.

Phillip estaba cerca y, a través de las cámaras de seguridad, Orfeo pudo ver lo que sucedía en vivo. La fuerza de William era inigualable, y ni Zeus ni Hades podían hacerle frente. Parecía indestructible.

"Ahora los dejaré ir, pero los buscaré si vuelven a atacarnos. Mis fuerzas son mucho mayores que las de ustedes. Y si fuera ustedes, no me atrevería a seguir con el plan de hacerle daño a Makala"

—dijo William, levantando a Hades y Zeus del suelo con su mano, sin necesidad de tocarlos.

El enorme rayo de luz emanaba de su mano y, en un rápido movimiento, Hades y Zeus desaparecieron instantáneamente.

"Eso los mantendrá alejados un tiempo" —dijo William antes de ir a buscar a Alex, que se encontraba tendido en el piso. Phillip se acercó de inmediato a ayudar. Alex se quejaba del dolor en su pecho y en su brazo.

"¿Qué sucedió? William, ¿cómo...?" —decía Zagreus, mirando alrededor. "...¿cómo llegaste aquí?" —preguntó.

"Supe que estabas en problemas y vine a ayudar" —respondió William. "Eres osado en pensar que podías manejarlos solo, sin respaldo" —añadió.

"Tenía las cosas bajo control"—dijo Alex.

"Así no parecía" —respondió William riendo. "Por favor, deja de ser tan descuidado, más aún cuando estás a cargo de la hermosa mujer que está aquí en tu casa. No tiene nada de malo pedir ayuda" —añadió, antes de desaparecer a través de la ventana.

***

Alex fue directo al cuarto y encontró a Isabel aún dormida y agitada.

"Isabel, ¿estás bien, mi amor?" —preguntó suavemente en su oído. Ella abrió los ojos lentamente.

"Estoy bien, pero ¿por qué he estado durmiendo? ¿Y qué fue ese sonido tan fuerte arriba?" —preguntó.

"No fue nada, amor" —dijo, abrazándola fuerte. "Te amo tanto, Isabel, no tienes idea de cuánto. Quiero que seas feliz y te sientas segura siempre" —dijo Alex, acariciando su cabello con su rostro.

"Estoy segura y feliz contigo" —dijo ella, notando que él se veía estresado y preocupado. Luego, vio que estaba muy sudado y con una herida en su brazo.

"¿Qué te sucedió? ¿Te duele?" —le preguntó, preocupada.

"No es nada, no te preocupes"—respondió él. "Estaba ejercitando y me caí" —añadió.

"Déjame ayudarte con eso, por favor" —insistió ella. "Después de todo, por eso quiero ser médico" —añadió sonriendo.

Ella lo ayudó a limpiar la herida y a cubrirla, y también revisó su pecho, que estaba lleno de moretones. Sabía que algo más había sucedido, pero decidió no hacer más preguntas, ya que él claramente no las respondería. Sin embargo, ella iba a averiguarlo.

"¿Nos vestimos para la gala?" —preguntó Isabel.

"Me encantará verte en ese hermoso vestido" —dijo él.

Minutos más tarde, Isabel lucía su hermoso vestido blanco largo y su cabello caía suavemente sobre los hombros. Se veía realmente hermosa. Alex vestía un traje de etiqueta. Ambos salieron hacia la gala.

"Sabes que ese vestido es muy provocativo" —dijo él, acercándose a su oído.

"Es para ti esta noche" —respondió ella.

Salieron en el auto, y la ciudad se encontraba congestionada con un tráfico mucho peor de lo usual, luego del segundo terremoto en cuestión de días. Las noticias decían que había sido de menor intensidad. Sin embargo, las personas estaban haciendo compras nerviosas y sacando todo el efectivo posible de los cajeros electrónicos, en previsión de una posible segunda tormenta.

"¿Hubo otro terremoto?" —preguntó Isabel, impresionada. "Quizás fue el sonido que escuché" —añadió.

"No lo sentí" —mintió Alex. Odiaba tener que mentirle, pero lo menos que deseaba era ocasionarle preocupaciones y tener que ofrecerle explicaciones que terminarían por confundirla aún más.

Isabel permaneció en silencio, pensando en todo lo que no le cuadraba de la historia, pero estaba tan feliz con Alex que no quería preocuparse por eso. Su mamá siempre le decía que viviera el momento, y ella había visto a sus padres felices en todo lo que hacían. Isabel también deseaba experimentar la felicidad de ese instante.

Cambiando la estación de radio, Isabel encontró una hermosa canción que comenzó a cantar. Alex adoraba su voz. Recordaba los viejos tiempos cuando cantaban juntos alrededor de las fogatas en Sikkim. Alex la seguía con la voz, y luego ambos cantaban juntos.

Orfeo siempre decía que las ondas de amor que ambos producían se podían esparcir por kilómetros, trayendo paz en tiempos de guerra.

***

La gala se celebraba en una torre de Londres, ubicada cerca de London Bridge. La vista era espectacular, y la decoración combinaba rosas blancas, negras y rosadas, con enormes globos adornados con confeti y chocolates.

Las mujeres lucían elegantes vestidos de gala largos, mientras que los hombres vestían trajes de etiqueta.

El edificio había sido evacuado durante 30 minutos tras el terremoto y reabierto después de recibir la confirmación de que todo estaba bajo control.

Alex e Isabel entraron al lugar y quedaron impresionados por la magnífica decoración. Había comida en abundancia y bailarines que realizaban coreografías frente a los invitados.

Desde la distancia, vieron a los padres de Isabel conversando animadamente con otras personas. Parecían ocupados y disfrutando de la velada.

Los llevaron a su mesa cuando Phillip se acercó a Alex con un mensaje urgente: una llamada de larga distancia.

Alex consultó con Isabel antes de atenderla, y ella le sugirió que podría tratarse de algo importante.

"Pensé que no vendrían" —dijo Victoria, sentándose junto a ella.

"¡Victoria, hola! Me asustaste" —respondió Isabel, distraída. Luego, al verla bien, sonrió. "Wow, te ves hermosa."

"Tu cita también se ve espectacular" —dijo Victoria, dirigiendo una mirada apreciativa a Alex. Luego, con su característico tono travieso, añadió: "Dime que ya te comiste a ese hermoso hombre... Debe ser muy apetitoso."

"¿Cómo puedo decirte esto?" —dijo Isabel con una sonrisa.

"¡Wow, tienes que contármelo todo! Esto es muy emocionante" —exclamó Victoria, llena de curiosidad.

"Me pidió que me mudara con él" —confesó Isabel.

"¿Qué? ¡Pero si acaban de conocerse!" —replicó Victoria, sorprendida.

"Siento como si lo conociera de toda la vida" —respondió Isabel con convicción.

"¡Dime que dijiste que sí!" —insistió Victoria emocionada.

"Quiero estar con él" —admitió Isabel—. "Pero aún no le he dado una respuesta. Le dije que lo pensaría." Se enderezó con cierto orgullo.

"Está bien, te apoyaré en lo que decidas hacer. Posiblemente haría lo mismo si un hombre tan hermoso apareciera en mi vida... Absolutamente" —dijo Victoria con picardía.

"Lo sé...Él es tan maravilloso" —suspiró Isabel—. "Me siento viva y muy feliz."

"Lo noto. Él es increíble y me alegra mucho por ustedes" —afirmó Victoria.

En ese momento, una voz masculina interrumpió la conversación.

"Hola, Victoria. ¿Puedo interrumpir para bailar con mi hermosa novia?" —dijo Alex detrás de ellas.

"Por supuesto, vayan a divertirse. Estoy feliz por ustedes" —respondió Victoria con una sonrisa.

Mientras Alex tomaba la mano de Isabel para guiarla a la pista de baile, él le susurró:

"¿Le dijiste?"

Isabel lo miró con una sonrisa traviesa.

"¿Que me tienes cautiva en tu casa?" —bromeó—. "Sí, se lo conté. Pero no sabía que soy tu novia."

"Me encantaría llamarte algo más que eso. Tenerte conmigo todos los días...despertarme a tu lado y sentir tu aroma en las mañanas" —susurró

Alex antes de besarle el hombro, provocándole un escalofrío.

Isabel respiró hondo antes de responder, con una mezcla de emoción y prudencia:

"Sigo pensando en tu propuesta. Ya sabes que, tradicionalmente, las personas suelen casarse primero..."

Alex la miró fijamente, con una intensidad que la dejó sin aliento.

"Es cierto. ¿Te gustaría casarte conmigo?" —preguntó él con seriedad.

"¿Qué?"— preguntó Isabel, impresionada.

"Casarte conmigo. Pasar el resto de nuestras vidas aquí en la Tierra juntos. Ser mi esposa, mi compañera... ser mía" — dijo Alex, su voz firme pero llena de emoción contenida.

"¿De verdad me lo estás pidiendo?" — Isabel sintió que el tiempo se detenía.

"Sí"— respondió él con seguridad. "Cásate conmigo, vivamos nuestra felicidad sin esperar más. De todos modos, planeaba pedírtelo pronto porque... muero por ti."

Alex la miraba con intensidad, como si pudiera ver su alma. Isabel sintió un torbellino en su interior, pero no de duda, sino de certeza. Se perdió en su mirada y, por un instante, su mente la llevó a un futuro donde despertaba cada día a su lado, donde su vida era suya y él era suyo.

El destino había tocado su puerta, y ella sabía que no debía ignorarlo. No quería vivir preguntándose "¿y si...?". No tenía miedo, no con él.

"Sí"— dijo al fin, su voz firme pero dulce. "Me casaré contigo."

Alex cerró los ojos mientras la besaba, como si al hacerlo pudiera grabar ese instante en su alma para siempre. Inhaló profundamente, saboreando la felicidad del momento. Sin embargo, en el fondo de su mente, la sombra del temor no desaparecía.

Orfeo le había advertido que Isabel estaba en peligro. Su mente luchaba por recuperar fragmentos de un pasado perdido, y cuando finalmente despertara por completo, su cordura podría quebrarse. No sabían cuándo sucedería, solo que era inevitable.

Pero Alex no iba a perderla sin pelear. Haría cualquier cosa por ella. Podría morir por ella si fuera necesario.

Capítulo 7

Soy tuyo

"*Adrian, estoy preocupada*. Ella está recordando cosas, y Orfeo dijo que no debería recordar" — la voz de Claire sonaba inquieta. "Lo que Alex vino a comunicarnos es alarmante. Isabel está empezando a hilar pedazos de eventos, incluso nombres."

"Lo sé. Eso me preocupa también" — respondió Adrian, con el ceño fruncido."Está armando fragmentos de su memoria, intentando darle sentido a cada pieza. Pero nosotros somos su roca. Debemos mantenernos firmes."

"¿Qué podemos hacer?" — preguntó Claire, buscando desesperadamente una solución.

"Por ahora, nada. Debemos esperar a que Orfeo encuentre a Chronus y apoyar a Alex en su plan de mantener a Isabel a salvo... y feliz" — dijo Adrian con un suspiro. Luego dirigió su mirada a la pista de baile. "Mírala. Es evidente que tiene sentimientos por él. La forma en que se miran..."

Claire siguió su mirada y vio a Isabel y Alex bailando. Se movían en perfecta sincronía, ajenos a todo a su alrededor. La conexión entre ellos era innegable, y por un instante, Claire deseó que Isabel pudiera encontrar la felicidad a su lado. Pero si tan solo supiera quién era realmente él...

"Te ves hermosa" — susurró Alex en el oído de Isabel mientras la sostenía contra su pecho. "Puedo sentir los ojos de todos posados en ti esta noche."

"Y tú te ves muy tentador" — respondió Isabel con una sonrisa traviesa."Aunque, si soy honesta, te prefiero con tus jeans y esa franela blanca..." — añadió, guiñándole un ojo.

Alex rió suavemente. "Sabes que soy todo tuyo. Lo que necesites de mí, te lo daré. Lo que sea."

Isabel lo miró fijamente, disfrutando el calor de su cercanía. "Bueno, acabas de comprometerte con alguien que apenas acabas de conocer."

"Te conozco, Isabel, y estoy enamorado de ti" — dijo Alex con convicción. Luego, inclinándose un poco, agregó con una sonrisa: "Y déjame recordarte que tú también estás comprometida con alguien que apenas acabas de conocer."

Sus risas se mezclaron con la música mientras seguían bailando, perdidos en su propio universo.

***

Isabel vio a sus padres a lo lejos y sintió el impulso de acercarse. Sabía que Alex había hablado con ellos brevemente mientras ella conversaba con Victoria, lo que aumentó su curiosidad.

Tomando su mano con suavidad, Alex la guió hasta donde estaban. Isabel, con el corazón latiendo con fuerza, decidió compartir la noticia de su compromiso.

La sorpresa en los rostros de sus padres fue evidente, pero rápidamente fue reemplazada por una emoción genuina. Isabel observó con asombro la forma en que recibieron la noticia, sin rastro de duda ni preocupación. Sabían que Alex no quería perder el tiempo con ella, pero lo que realmente los impactó fue darse cuenta de que Isabel sentía lo mismo, incluso sin recordar su pasado juntos.

Conversaron por un largo rato, compartiendo sonrisas, emociones y un sinfín de preguntas.

Cuando finalmente se despidieron, Isabel sintió una calidez en el pecho: no solo por la bendición de sus padres, sino por la certeza de que estaba siguiendo su corazón.

Alex le tomó la mano y la atrajo suavemente hacia él. "¿Lista para irnos?"

Ella asintió con una sonrisa. Ambos estaban desesperados por compartir más tiempo a solas, disfrutando cada instante como si el tiempo fuera un lujo que no podían desperdiciar.

Phillip los esperaba en la salida con el auto encendido, listo para llevarlos de regreso a casa.

***

Una vez en casa, fueron directamente al dormitorio. Isabel comenzó a desvestirse lentamente frente a Alex, sus ojos fijos en él, desafiándolo con una sonrisa juguetona.

—¿Me estás provocando, futura señora Cavendish? —preguntó él, recorriéndola con la mirada, admirando cada detalle de su cuerpo.

—Quizás...—respondió ella, deslizándose sobre la cama, completamente desnuda, con la seguridad de quien conoce el poder que tiene sobre el deseo de su amante.

Alex comenzó a desvestirse, y ella lo observó con fascinación. Su piel, su fuerza, la intensidad en su mirada... Se sintió afortunada. Jamás había experimentado algo tan profundo, un amor que la consumía con una intensidad abrumadora. Necesitaba sentirlo, su calor, su piel fundiéndose con la suya.

Cuando él finalmente se deslizó sobre ella, su cuerpo ardía.

—Puedo sentir tu deseo, Isabel —susurró él contra su piel.

—Te necesito siempre —susurró ella de vuelta, enredando sus dedos en su cabello.

Alex la besó con la devoción de un hombre que había esperado toda su existencia por este momento. Y en la penumbra de la habitación, el deseo los envolvió en un torbellino de pasión. Se amaron sin reservas, entregándose por completo el uno al otro.

Horas más tarde, exhaustos, quedaron dormidos enredados en un abrazo.

***

Mientras tanto, en otro rincón del universo, una conversación llena de tensión se desarrollaba.

—Es un verdadero inconveniente saber todo lo que sucede, necesitar estar siempre vigilante, protegiendo los universos, pero al mismo tiempo... sufriendo y muriendo por dentro —dijo Gregorian, su voz cargada de gravedad.

William permaneció inmóvil, la mirada perdida en la distancia.

—Tu padre ha estado preguntándome dónde estás y qué tan profunda es tu alianza con la princesa. Me ha tomado un gran esfuerzo convencerlo de que no intervenga personalmente —añadió Gregorian, observándolo con cautela.

La expresión de William se endureció.

—Esto no es incumbencia de mi padre. Puedo manejarlo solo.

Gregorian dejó escapar una leve risa irónica.

—Eres uno de los seres más poderosos del Sistema... y, sin embargo, decides sufrir mientras el príncipe Zagreus toma el amor que tú escogiste. Es... peculiar.

El aire pareció tensarse de inmediato. William giró la cabeza lentamente para mirarlo, y en sus ojos brilló algo oscuro, un aviso silencioso pero letal. Gregorian sintió un escalofrío recorrer su espalda. Nadie desafiaba a William sin consecuencias. Él era una fuerza imparable, un ángel cuya determinación no conocía límites.

—Ella lo ama —dijo William con voz firme.

Y aunque esas palabras salieron de su boca, en su interior, una tormenta de emociones amenazaba con desatarse.

—Lo siento si me sobrepasé. Pero como tu amigo, es mi deber preocuparme cuando sé que sufres. Jamás te había visto así —dijo Gregorian con sinceridad.

William no respondió de inmediato. Su mirada permanecía fija en el horizonte, sus pensamientos atrapados en el flujo incesante del tiempo. Finalmente, exhaló un suspiro pesado.

—No tardará mucho más —dijo, su voz baja, pero firme. —Solo debo esperar hasta que sea el momento adecuado.

Gregorian lo observó con cautela.

—¿Esperar?¿Para qué?

William entrecerró los ojos, su expresión impenetrable.

—Tengo el tormento de poder ver el futuro... y sé que mi sufrimiento no durará mucho.

Las palabras quedaron suspendidas en el aire como un eco inquietante. Gregorian sintió un escalofrío.

Por un momento, intentó imaginar lo que sería vivir una eternidad con la capacidad de saberlo todo. Ver cada destino, cada tragedia antes de que ocurriera, sin poder evitarlo.

Y entonces comprendió: William no solo sufría por amor. Sufría porque ya conocía el final de todo.

***

Alex estaba acostado en la cama, con sus brazos rodeando a Isabel. Ella dormía con la cabeza apoyada sobre su pecho, su respiración tranquila, su piel cálida contra la suya. Pero él no podía dormir. No podía desperdiciar un solo segundo sin sentir su presencia, su aliento, la suavidad de su cabello entre sus dedos.

Era perfecta. Pura.

Lo más increíble de todo era que lo amaba, incluso sin sus recuerdos. Su corazón la había llevado de vuelta a él, sin importar lo que el destino intentara arrebatarles.

Pero mientras la contemplaba, los ecos de su conversación con Orfeo regresaron a su mente.

—Vi tu último encuentro con tus padres —dijo Orfeo en la gala. Su tono era grave.—Fuerte, ¿eh? Vi todo lo que sucedió.

Zagreus apretó la mandíbula.

—Vinieron a amenazarme. Así que lo viste todo.

—Para eso tenemos un sistema de vigilancia en la casa, para pedir refuerzos si es necesario —respondió Orfeo.

Zagreus dejó escapar una risa amarga.

—Parece que no necesito nada de eso cuando el Ángel William ya sabe todo lo que ocurre.

—Te salvó la vida —señaló Orfeo. —Al menos podrías agradecerle.

—No entiendo por qué me ayuda. No tenemos una alianza.

Orfeo suspiró.

—Ambos sabemos por qué.

Zagreus exhaló con frustración.

—Ella está recordando cosas.

—Por eso llamé —afirmó Orfeo. —A pesar de que recuperar sus memorias es imposible, aún existe un fragmento del antiguo libro de Gaia que dice: "Solo los sagrados y puros se mantendrán protegidos." Y creo que deberíamos hablar más sobre esto.

Zagreus frunció el ceño.

—¿A qué te refieres?

—Cuando era joven, mi padre solía contarme una leyenda. Una historia sobre ángeles y dioses viviendo juntos en el Primer Sistema, antes de que los universos siquiera existieran. En ese tiempo, solo había un único sistema para ellos.

Zagreus escuchaba en silencio, su mente procesando cada palabra.

—El Creador permitió que se mezclaran, pero algunos de ellos se rehusaron. Querían su propio espacio, querían estar solo con los suyos. Así que el Fundador los separó, dándoles su propio universo y estableciendo reglas estrictas: ángeles y dioses no debían mezclarse jamás.

—Pero lo hicieron —murmuró Zagreus, adivinando hacia dónde iba la historia.

—Millones de ciclos pasaron hasta que el ángel más poderoso, Miguel, se enamoró de la diosa Titania. Ella era la primera descendiente pura del linaje de dioses.

Orfeo hizo una pausa antes de pronunciar el nombre que lo cambiaría todo.

—Tuvieron una hija.

Zagreus sintió que su pulso se aceleraba.

—¿Quién?

—Rhea.

—¿Te refieres a mi abuela Rhea? —preguntó Zagreus, sintiendo una mezcla de asombro e incredulidad.

—Sí —asintió Orfeo—, la esposa de Chronus. Pero solo uno de sus hijos conservó su naturaleza sagrada y celestial.

Zagreus lo observó con el ceño fruncido.

—¿Quién?

—Hera. Desapareció misteriosamente, y nadie sabe dónde está.

Zagreus apretó los labios, procesando la información.

—El único heredero legítimo de los Cielos Celestiales fue el Ángel William —continuó Orfeo—, porque fue concebido por el Ángel Gabriel dentro de un linaje angelical puro. Pero aquí es donde la historia se vuelve aún más interesante...La leyenda dice que Gabriel también cayó por una diosa. Nadie sabe quién fue o qué ocurrió exactamente.

Zagreus sintió que su pulso se aceleraba.

—Pero el Ángel William solo puede caer por seres sagrados o descendientes de linaje puro —dijo con voz baja.

—Exacto. De alguna forma, el Fundador diseñó a los seres sagrados para que solo pudieran caer con su propio tipo —respondió Orfeo.

El silencio se alargó entre ellos. Hasta que Orfeo lo repitió, con más peso en sus palabras:

—Él solo puede caer por un ser sagrado.

Zagreus sintió cómo una pieza del rompecabezas encajaba.

—Makala...—susurró. —Ella es descendiente de Hera.

—De acuerdo con el Libro Gaiano, "solo los sagrados estarán protegidos"—dijo Orfeo. —Si el libro menciona eso, significa que algunos Gaianos también son sagrados por el linaje de Rhea. Chronus debe saberlo.

—Sigue...—dijo Zagreus, con la mirada clavada en la nada, pero su mente encajando cada pieza con rapidez.

—Makala debe ser de linaje sagrado, pero su cuerpo mortal aún lucha con la ausencia de sus memorias y experiencias —dijo Orfeo. —No debería ser capaz de recordar nada después del Sueño Dorado... Y creo que Chronus sabe algo que nosotros no.

Zagreus sintió un escalofrío recorrer su espalda.

—Por eso debemos encontrarlo pronto.

—Exacto—afirmó Orfeo. —Pero si Hera era sagrada... eso confirmaría que es la madre de Makala. Lo que significa que allí hay una historia que aún desconocemos. Esa es nuestra pieza faltante.

El silencio volvió a instalarse, denso como una tormenta que se avecinaba.

Orfeo respiró hondo antes de soltar la siguiente advertencia:

—Me temo que también tienes a un Rastreador cerca de ti.

Zagreus se tensó.

—¿Qué dijiste?

—Detecto su energía, pero no puedo precisar su ubicación. Solo sé que está cerca.

—¿Has revisado a todos en la casa? —preguntó Zagreus, su mente ya en modo de alerta.

—Sí. Cada persona ha sido cuidadosamente verificada. Tu Rastreador no está dentro dela casa, pero eso no significa que no esté acechando. Y cuando haga su movimiento, será para matarte.

Zagreus dejó escapar una risa fría.

—Demonios...podría ser cualquiera.

—No es solo un enemigo, Zagreus —dijo Orfeo con seriedad—, eres un hombre buscado en dos Universos diferentes. Y esta es la clase de riesgo que estás enfrentando.

Zagreus exhaló, intentando calmar la oleada de pensamientos que lo asaltaban.

—Está bien. Gracias por la información, Orfeo. Necesito tiempo para procesar todo esto...

—Ten cuidado —advirtió Orfeo.

Zagreus colgó el teléfono y cerró los ojos por un instante. Sabía lo que implicaban estas revelaciones, el peligro que ahora acechaba más cerca que nunca. Pero por encima de todo, había una verdad que se repetía en su mente.

Isabel era lo más importante.

Y haría lo que fuera necesario para protegerla.

***

El paisaje era vasto y sobrecogedor. Isabel avanzaba por un sendero cubierto de flores de todos los colores, que parecían brillar bajo el cielo azul intenso. Frente a ella, al final del camino, se alzaba un cubo negro imponente. Sus dimensiones eran colosales, su presencia, magnética.

Intentó acercarse, pero con cada paso que daba, la distancia se alargaba, como si la realidad misma estuviera jugando con ella.

—No hay una forma fácil de llegar allí —susurró una voz a sus espaldas.

Isabel se giró y su aliento se detuvo.

Frente a ella, una mujer de belleza sobrehumana la observaba con una mezcla de orgullo y ternura. Su vestido dorado reflejaba la luz con un fulgor divino, y una corona de oro adornaba su cabeza. Su cabello, del mismo tono dorado, caía en ondas perfectas. Pero lo que más impactó a Isabel fueron sus ojos. Ámbar. Exactamente como los suyos.

—Mi querida —dijo la mujer con dulzura—, no hay un camino sencillo hacia la Kaaba. Debes encontrar otra forma para que te hable. Allí están todas las respuestas.

Isabel sintió que el aire se volvía denso.

—¿Quién eres? —preguntó, su voz temblando de asombro.

La mujer sonrió con calidez.

—Te amo, mi querida... pero aún no es momento de que lo sepas. Ahora, despierta y dile aAlex sobre la Kaaba. Él necesita saber que el localizador del mapa de estrellas se encuentra allí.

—¿Madre...?—susurró Isabel.

Pero el sueño se desvaneció en un parpadeo.

***

Isabel abrió los ojos y dejó escapar un suspiro. Sentía aún la calidez de aquella mujer, el amor que le había transmitido en su corta aparición. Su mente zumbaba con preguntas, pero su cuerpo reconoció la realidad: estaba en la cama de Alex.

El aroma a comida la llevó a la cocina, donde lo encontró de espaldas, terminando de preparar el desayuno.

—Buenos días, mi amor —dijo él, acercándose a besarla.

El aroma de la tortilla de vegetales era delicioso. Alex sirvió los platos y, con un gesto atento, movió la silla para que ella se sentara.

—¿Té? —ofreció.

—Sí, por favor —respondió Isabel con una sonrisa, sintiendo un inexplicable alivio ante el simple placer de compartir una taza de té por la mañana.

Mientras comían, conversaron sobre sus planes. Isabel visitaría a sus padres para recoger algunas cosas antes de mudarse definitivamente con Alex. Hablaron también de la boda, y él insistió en que quería que fuera lo antes posible.

Dos semanas.

Sería una ceremonia pequeña, íntima, en las afueras de Londres.

Todo parecía fluir con naturalidad, pero en la mente de Isabel, la visión de la Kaaba y la mujer dorada seguían vibrando como un eco distante, esperando ser descifrados.

—Tuve un sueño —interrumpió Isabel de repente.

Alex dejó de hablar, captando de inmediato la seriedad en su tono. Su mirada se volvió atenta.

—¿Qué sucedió, amor? ¿Qué soñaste? —preguntó, intrigado por el repentino cambio de tema.

Isabel respiró hondo y comenzó a relatarlo. Describió cada detalle: la mujer de ojos ámbar, su presencia majestuosa, la calidez de su voz y el mensaje que le había transmitido.

Alex escuchaba en completo silencio, sus facciones reflejando sorpresa y una profunda reflexión.

—... No sé qué quiso decir exactamente —continuó Isabel—, pero siento que la conozco. Es un sentimiento intenso, casi como si su amor me envolviera... como si fuese mi hogar.

Los ojos de Alex brillaron con reconocimiento. Él *sabía* de quién hablaba.

—Mencionó que el mapa de estrellas estaba dentro del cubo llamado Kaaba —siguió Isabel—, y cuando lo dijo, sentí una energía inmensa. El cubo comenzó a brillar...

Se inclinó ligeramente hacia él y lo miró fijamente.

—Espero que dejes de fingir que todo esto no significa nada. Desde que te conocí, he tenido sueños, visiones... flashes de recuerdos de cosas que no sé si han ocurrido. Quiero entenderlo, Alex. Ayúdame.

Alex permaneció en silencio. Se pasó una mano por el cabello, como si buscara las palabras adecuadas. Luego, tras una pausa, finalmente habló:

—Cada vez que los Dioses y Ángeles visitaban la Tierra, traían regalos... instrumentos que ayudaban a acelerar el desarrollo de la civilización. Era su forma de asistencia, porque esta humanidad es especial dentro del Sistema de Universos.

Isabel escuchaba con el corazón latiéndole con fuerza.

—Uno de esos objetos era una piedra mágica —prosiguió Alex—. Fue entregada por el mismo Ángel Gabriel a Abraham. Él la colocó en la casa que estaba construyendo... como una pieza que encajaba perfectamente en el espacio faltante.

Hizo una pausa antes de continuar:

—Años más tarde, el profeta Mohammed habló de la leyenda, y sus seguidores construyeron un cubo negro alrededor de la casa para proteger la piedra. Sabían que era especial... que tenía poder. Ese cubo es la Kaaba, la base de la fe islámica.

El silencio se apoderó del ambiente por un momento.

—Entonces...—susurró Isabel, sintiendo un escalofrío recorrer su espalda—. ¿Dónde se encuentra ese cubo?

—En una ciudad llamada Mecca, en Arabia Saudita —respondió Alex.

Isabel frunció el ceño, pensativa.

—La ciudad es considerada la más sagrada del mundo —continuó él—. Cada año, peregrinos caminan alrededor de la Kaaba varias veces para obtener la orientación de sus oraciones.

—Entonces, ¿este cubo funciona como una guía? —preguntó Isabel.

—Podría decirse que sí —asintió Alex.

—¿Puedo visitarlo?

Alex exhaló con pesar antes de responder:

—Desafortunadamente, mi amor, solo los musulmanes pueden entrar a la ciudad sagrada. No se permite la entrada a los no-musulmanes.

Isabel sintió una punzada de frustración. Antes de que pudiera insistir, Alex tomó suavemente su mano.

—Ven, quiero mostrarte algo —dijo, guiándola a un estudio lleno de libros antiguos.

Se acercó a una estantería, sacó un tomo gastado por los años y lo abrió en una página específica. Al ver la imagen, Isabel contuvo el aliento.

—¡Ese es! —exclamó, señalando la foto de la Kaaba—. ¡Ese es el cubo que vi en mi sueño!

Alex la observó con cautela.

—Tal vez lo has visto antes en un libro... o en una película —sugirió con suavidad.

Isabel negó con la cabeza, firme.

—Imposible. Lo recordaría —dijo con certeza—. Y la mujer... Se parecía tanto a mí.

Alex vio la intensidad en sus ojos. No podía seguir evadiendo el tema por mucho más tiempo.

—Hagamos algo, mi amor —dijo con una sonrisa tranquilizadora—. A partir de ahora, llevemos un registro de tus sueños. Escribiré cada detalle y empezaré a investigar su significado. Así podremos entender mejor qué está pasando.

Isabel lo miró con alivio, sin notar la preocupación oculta en su expresión. Alex solo quería calmarla... ganar más tiempo mientras Orfeo buscaba a Chronus. Pero con cada nuevo sueño, la verdad se acercaba más a la superficie. Y eso lo inquietaba.

—Phillip te llevará a casa de tus padres —dijo Alex con voz suave—. Será mejor que pases tiempo con ellos a solas.

Isabel lo miró con curiosidad.

—¿Crees que es necesario?

—Sí. Y por favor, trata de no pensar demasiado en los sueños —continuó él, deslizando una mano por su mejilla—. Pasa tiempo con ellos y diviértete. Vamos a encontrar el sentido de todo, te lo prometo.

Se inclinó y la besó con ternura. Isabel suspiró contra sus labios.

—Buena idea —admitió ella—. Mejor paso algo de tiempo con ellos. Después de todo lo que ha pasado, deben estar confundidos.

Alex asintió, viéndola alejarse. Una vez que la puerta se cerró tras ella, su expresión se volvió más seria. Sacó su teléfono y marcó rápidamente.

—Orfeo, tenemos un problema —dijo en cuanto la voz del otro lado respondió.

—Dime qué ha pasado —respondió Orfeo con alerta.

—Isabel ha vuelto a soñar. Y ahora sabemos con certeza que la ubicación del mapa de estrellas está en Mecca.

Hubo un silencio tenso en la línea antes de que Orfeo respondiera:

—Esto cambia todo...

—Hay algo más —añadió Alex, bajando la voz—. La mujer en su sueño... era Hera.

El silencio del otro lado se volvió aún más profundo.

—Dioses...—murmuró Orfeo—. Alex, esto no es solo un sueño. Es un mensaje.

Alex apretó la mandíbula. Lo sabía. Y eso lo preocupaba aún más.

Capítulo 8

El cetro dorado

¿*Sigue recordando*? —preguntó Eurídice en voz baja.

Orfeo asintió, su expresión preocupada.

—Sí. Y eso me inquieta. Sus memorias y experiencias deberían estar con Chronus. El Sueño Dorado debió haberlas tomado por completo. Usualmente, no queda nada...

Eurídice lo observó con cautela.

—Ella es una diosa sagrada. Lleva sangre angelical en sus venas.

—Lo sé—dijo Orfeo con el ceño fruncido—. Por eso necesito enviar a Sikh a Mecca. Según los sueños de Isabel, allí encontraremos el mapa de estrellas. Las coordenadas.

Eurídice parpadeó, sorprendida.

—¿Mecca?¿La de Arabia Saudita?

—Sí. Sikh lo buscará.

Un silencio cargado cayó entre ellos antes de que Eurídice murmurara:

—Quien le haya dado esa información sabe que buscas las coordenadas.

Orfeo apretó la mandíbula.

—Hera.

Eurídice sintió un escalofrío recorrer su espalda.

—Pero Hera... se ha ido —susurró, cuando de repente algo captó su atención.

Detrás de Orfeo, una luz comenzó a parpadear con intensidad.

—Orfeo...el cetro. ¡Está brillando!

Ambos se giraron hacia el objeto sagrado.

El cetro dorado, una vez perteneciente a Chronus, había sido entregado a Zagreus como un regalo. En su extremo superior, una media luna con una estrella relucía con energía renovada.

Orfeo siempre había sospechado que el cetro tenía un significado más allá de ser un mero símbolo de realeza. Su teoría era que, con la energía suficiente, podía abrir un agujero de gusano, un canal de comunicación entre universos.

Recordó las palabras de su padre, Apolo:

"Este no es solo un cetro. Es un transmisor. Un faro entre los mundos."

Y ahora, estaba despertando.

—Eso debe significar algo… —murmuró Orfeo, sin apartar la mirada del cetro.

La luz dorada pulsaba con una intensidad hipnótica, y un zumbido tenue, casi como el de un transmisor, vibraba en el aire.

—Pero no tengo idea de qué —añadió, intrigado.

Comenzó a caminar alrededor del cetro, observándolo desde distintos ángulos, como si la respuesta estuviera oculta en su resplandor.

El sonido se mantuvo constante, rítmico, como si el cetro estuviera enviando y recibiendo energía de algún punto desconocido del universo.

Orfeo alargó la mano, dudando por un instante antes de tocar el objeto sagrado.

El momento en que sus dedos rozaron el metal dorado, la luz se intensificó.

Y entonces, algo cambió.

***

En Londres, Isabel disfrutaba cada momento con sus padres. Hablaban con emoción sobre la propuesta de matrimonio de Alex y los posibles lugares para la ceremonia. Claire y Adrian estaban felices de verla tan radiante; cada vez que mencionaba a Alex, sus ojos brillaban de amor.

—Cariño, no esperaba que te comprometieras tan pronto, pero quiero darte algo muy especial —dijo Claire, levantándose de su asiento y desapareciendo unos instantes en la habitación.

Cuando regresó, sostenía una pequeña caja negra entre sus manos.

—¿Qué es eso, mamá? —preguntó Isabel, intrigada.

—Ábrelo—respondió Claire con una sonrisa emocionada.

Isabel levantó la tapa con delicadeza. En el centro de la caja, sobre la suave almohadilla, descansaba un anillo con un hermoso diamante negro, profundo y enigmático.

—¡Wow, mamá! ¿De dónde sacaste esto? —preguntó Isabel, admirando el brillo oscuro dela piedra.

—Ha estado en nuestra familia por generaciones —explicó Claire con ternura—. Pensé que sería el mejor regalo para ti. Aún no te has casado, pero quiero que lo tengas ahora que estás comprometida.

—Mamá, gracias... Es realmente hermoso —susurró Isabel conmovida—. Lo usaré el día de mi boda.

Justo en ese momento, un dolor punzante le atravesó la cabeza.

Se llevó ambas manos a la sien, los ojos cerrados con fuerza. Luego, un sonido apareció en sus oídos... un zumbido, como si una señal de radio intentara sintonizarse.

—¿Cariño?¿Estás bien? —preguntó su padre, acercándose con preocupación.

—¿No escuchan eso? —susurró Isabel, con la respiración agitada.

—¿Escuchar qué, amor? —preguntó Adrian.

—Un sonido fuerte... Como un transmisor...
—dijo Isabel, mirando alrededor, buscando su
origen.

Claire y Adrian intercambiaron una mirada
preocupada.

—No escuchamos nada, cariño —dijo su
madre, apoyando una mano en su brazo.

El dolor de cabeza se intensificó. Su piel se erizó.
Sus dedos hormigueaban, y chispas eléctricas
saltaron entre ellos. Un escalofrío recorrió su
cuerpo. Algo, o alguien, estaba allí con ella.

El aire en la habitación cambió.

Una brisa helada sopló, pero no venía de
ninguna ventana abierta.

Isabel sintió una presencia.

No estaba sola.

Todo su cuerpo resplandecía.

Cuando miró sus manos, las vio bañadas en
un dorado radiante que emanaba de su piel
como un aura viva. No sentía dolor; al contrario,

una calidez placentera la envolvía. Observó cómo símbolos antiguos aparecían, dibujándose con luz sobre su piel.

Su mente, en un estado entre el sueño y la vigilia, recordó las lecciones de Yoga Nidra, aquella técnica que le enseñó a mantenerse consciente mientras su cuerpo descansaba.

Fue entonces cuando escuchó la voz.

—Despierta.

Abrió los ojos de golpe.

Movió sus dedos lentamente y sintió cómo la energía recorría su cuerpo, devolviéndole la sensación en cada extremidad. Se incorporó, su respiración aún acelerada, y caminó hacia el espejo.

Su reflejo la dejó sin aliento.

Su piel realmente brillaba, como si una luz celestial emergiera desde su interior.

La voz habló de nuevo, esta vez dentro de su mente, con una claridad que la estremeció:

—No tengas miedo. Eres especial.

Su corazón latía con fuerza. Acarició su propia piel luminosa, incapaz de apartarla mirada de su reflejo.

En ese momento, la puerta se abrió y Claire entró apresurada.

—Cariño, ¿te sientes bien? —preguntó con preocupación.

Se detuvo de golpe. Sus ojos se abrieron en asombro.

—Isabel...Estás... brillando.

Isabel giró lentamente hacia su madre, aún impactada.

—Mi piel brilla... —murmuró—. No sé exactamente qué significa, pero estoy segura de que tiene que ver con el sueño de esta mañana... y con las voces en mi cabeza.

Claire la observó con una mezcla de asombro y temor.

Algo extraordinario estaba sucediendo.

Y era solo el comienzo.

***

"Háblame del sueño"- dijo Claire.

Isabel comenzó a relatarle todos los detalles del sueño cuando, de repente, Alex entró en la habitación, visiblemente apresurado. Su rostro pálido mostraba preocupación, y notó que la piel de Isabel brillaba.

"Mi amor, ¿estás bien?" - preguntó, visiblemente nervioso.

"Alex, ¿qué haces aquí?" - preguntó Isabel, sorprendida.

"Tu papá llamó porque no te sentías bien"- dijo Alex.

Isabel se sorprendió de que sus padres llamaran a Alex tan pronto como algo sucediera. Estaba confirmando sus sospechas de que algo estaba pasando y que sus padres sabían más de lo que ella pensaba.

"Tuve un fuerte dolor de cabeza y me desmayé. Ahora mi piel se ha convertido en una especie de capa dorada"- dijo ella, admirando su piel. "Pero me siento bien, es solo un dolor de cabeza. Quizás sigo soñando"- agregó.

"¿Porqué no te acuestas un momento y tratas de descansar?" - dijo Alex suavemente, tomando su mano y sentándose a un lado de la cama.

Isabel se acostó, convencida de que tal vez solo estaba soñando, que su piel estaba bien y que todo era solo producto de su imaginación. Minutos más tarde, se quedó dormida.

Alex besó su frente y se volteó hacia Claire y Adrian, que lucían claramente preocupados.

"No tengo idea de qué significa esto"- dijo. "Hablé con Orfeo anoche y me comentó algo que no sabía"- añadió, comenzando a relatarles su conversación con Orfeo y el hecho de que Isabel es sagrada, al igual que William. Luego, dijo: "Si ella se da cuenta de que estos eventos extraños son reales, su mente humana podría volverse en su contra y perder su sentido de la realidad. Necesitamos proteger su sanidad".

"Hablamos con ella antes de que llegaras y se veía tranquila, intentando comprender lo que sucedía"- dijo Claire.

"Su mente está intentando comprender su nueva realidad. Sin embargo, sin sus memorias y experiencias de regreso, no podrá poner todas las piezas juntas. Su mente será incapaz de colocar su nueva realidad en un contexto racional"- explicóAlex.

"No esfácil pasar por esto y sentir frustración por no poder ayudar"- dijo Adrian.

"Hacen mucho"- dijo Alex. "El simple hecho de comprender y ser capaces de apoyarnos es invaluable. Ustedes son ambos unas personas maravillosas. Amo a Isabel más que a nada, significa todo para mí y también odio que esto esté sucediendo. Todo por mi decisión de haberme ido a Gaia. Pero mantenerla sana es mi prioridad ahora. Necesitamos recuperar lo que le pertenece para que continúe con su vida"- añadió Alex.

Claire y Adrian lo miraban con compasión.

En ese momento, Orfeo llamó y le dijo que el cetro dorado se encontraba brillando y emitiendo sonidos. Ahora, Zagreus comprendía la relación.

"El cetro la está llamando"- dijo Zagreus.

Minutos más tarde, regresó con Claire y Adrian.

"Orfeo llamó"- dijo Alex. "El cetro dorado que una vez perteneció a Chronus, y que medio como un regalo, comenzó a brillar y emitir un sonido. Creemos que está relacionado con los eventos que le están sucediendo a Isabel ahora -añadió.

"¿Qué crees que significa?" - preguntó Claire.

"Está constantemente comunicándose con sus memorias y experiencias que se encuentran con Chronus, por eso manifiesta sus poderes aquí. Y el cetro es parte de Chronus, y ella está absorbiendo su poder desde aquí"- explicó Alex.

"¿Ella está conectada a Chronus?" - preguntó Claire.

"Sí, y está absorbiendo su poder y energía constantemente. Es algo inédito"- dijo Alex.

Hubo un silencio.

"Nuestra teoría es que Chronus la está haciendo más poderosa. De alguna forma están conectados a través del cetro. Ambos están brillando en este momento, y el brillo que el cetro emite representa el llamado de poder. En Gaia, cuando los Dioses antiguos meditan, usan poderes que producen brillo en sus cetros"- dijo Alex. "Chronus me entregó su cetro días antes de que lo atacaran, y lo envié a la tierra al cuidado de Orfeo porque así me lo pidió"- prosiguió. "Solo los escogidos pueden hacer brillar un cetro que no es de ellos. Los cetros son únicos para sus dueños. Esto confirma aún más lo que pensamos: que Isabel es parte Ángel. Solo ellos pueden tener poderes más superiores que los mismos Dioses" - añadió, mirando a Isabel mientras su piel brillaba aún más.

Claire y Adrian no dijeron nada por un rato. Luego de una larga pausa, ella dijo:

"¿Cuánto durará este brillo en ella?"

"Supongo que debemos esperar"- respondió Alex. "Puedo quedarme aquí cuidándola hasta que despierte"- añadió.

"Gracias, Alex"- dijo Adrian. "Por cierto, felicitaciones por el compromiso. Ella se ve feliz"- agregó.

"Gracias"- dijo Alex. "Estoy seguro de que lo veían venir"- agregó.

"Sí y no"- dijo Claire. "No sabíamos qué esperar cuando Isabel perdió sus memorias y experiencias. Quizás ella no iba a recordar sus sentimientos o emociones por ti, pero de alguna forma lo ha hecho"- añadió.

"Es el amor de mi vida"- dijo Alex.

Alex se acercó a la cama donde estaba Isabel descansando y se sentó para tomarle la mano. Repentinamente, su cuerpo salió volando por el aire y frenó contra la pared del frente, golpeándose la cabeza. Adrian y Claire se acercaron a ayudarlo.

"Alex, ¿estás bien?" – preguntó Adrian mientras le sostenía la cabeza con sus manos. Lo vio volando en el aire y la forma como se golpeó lo preocupó.

"Fui descuidado" – dijo Alex. "No debí intentar tocarla. Está protegida por la armadura dorada" – agregó mirando su mano, que estaba quemada.

"La armadura dorada?" – preguntó Claire. "Pero ya la habías tocado antes" – añadió confundida.

"Lo hice cuando estaba despierta. Los seres antiguos poseían poderes ilimitados que los protegían durante sus fases de brillo para adquirir poderes durante el sueño. De esa forma eliminan cualquier amenaza" – dijo Alex. "Estoy sorprendido, y les digo que jamás había visto algo parecido" – añadió.

"¿Será esto peligroso para Isabel?" – preguntó Claire.

"Ella se ve bien, pero estaré acá hasta que despierte" – dijo Alex.

"¿Te sientes bien? Esa fue una fuerte caída" – dijo Adrian, mostrándose preocupado.

"Lo estoy, pero no intentaré tocarla nuevamente" – dijo sentándose en la silla a su lado.

Claire y Adrian decidieron bajar a la cocina a tomarse un té para tranquilizarse, y Alex se quedó cuidando a Isabel. Estaba sentado frente a la cama y la miraba mientras ella seguía brillando. Se veía como una princesa. Él deseaba sentirla, pero era peligroso. Se veía tan pacíficamente dormida y quizás disfrutando su sueño.

La puerta se abrió y Claire entró a la habitación, haciéndole una señal a Alex para que se acercara.

"Hay alguien acá buscándote" – dijo Claire. "Es William, y quiere verte" – añadió, tan intrigada como quizás él lo estaba.

"Gracias"– dijo Alex saliendo por la puerta.

"Me quedaré acá mientras hablas con él" – dijo Claire.

***

Alex caminó hacia la sala, y William se encontraba observando portarretratos de Isabel, sonriendo. Se veía muy feliz en esas fotos, disfrutando de momentos con sus padres. Estaba sonriendo en una de las fotos de Isabel parada junto a un elefante. Se veía orgullosa y feliz, tenía aproximadamente seis años en el retrato.

"Te esperaba en cualquier momento" – dijo Alex.

"Vine porque Isabel me lo pidió" – dijo William seriamente.

"¿Qué parte me perdí?" – preguntó Alex.

"Isabel se encuentra en su habitación ahora mismo brillando. Intentaste tocar su mano y su armadura dorada te lanzó por el aire" – explicó William.

Alex miraba a William seriamente, analizando lo que decía.

"Te prometí que me apartaría, al menos hasta que Isabel me pidiera estar presente. Lo hizo, en el futuro, es decir, lo hará desde el futuro donde vengo. Y hay ciertas cosas que me pidió que te dijera" – dijo William, respirando profundo. "Sé que te ama ahora, y que es capaz de arriesgarlo todo para salvarte, evidentemente. Pero esta vez no es solo acerca de ti o de lo que quieres. Esta vez es acerca del Universo, y eso es lo que tienes que proteger. Esa es tu principal prioridad" – añadió.

"Continúa"– dijo Alex.

"Isabel vino a pedirme que te dijera que debes dejarla ir luego de la Gran Guerra" –dijo William.

"¿Estás jugando conmigo para molestarme? Porque este no es el momento en que mi paciencia debería estar a prueba contigo" – dijo Alex, cerrando su puño.

"Me temo que no. Y sé que no soy la persona de confianza para decirte esto, pero ella me lo pidió" – respondió William. "Fue muy clara y enfatizó que debes saber que luego de la Gran Guerra debes dejarla ir y regresar a Gaia sin dudarlo" –añadió.

"¿Porqué ella haría eso?" – preguntó Alex.

"Como te dije, lo hizo en el futuro, y es muy poderosa. Por lo que entiendo, Gaia está en grandes peligros y te necesitan" – dijo William. "Bien, esto es lo que vine a decirte, y ahora debo irme. Por cierto, hizo una Alianza conmigo y estaré de tu lado en la Gran Guerra" – continuó. "Si no fuera así, estarían perdidos" –añadió.

"¿Qué le pediste a cambio?" – le preguntó Alex.

"Te lo dirá eventualmente. No es mi labor decírtelo" – dijo William. "Y dejará de brillar luego de esta conversación" – agregó, dirigiéndose a la salida. Alex pasó frente a él y cerró la puerta para impedirle salir.

"¿Qué más sabes?" – preguntó Alex. "No dudaré en pelear contigo si debo hacerlo" –añadió, colocando su rostro muy cerca de él en desafío.

"¿Qué quieres saber?" – preguntó William.

"¿Qué te dio ella por la Alianza?" – preguntó Alex nuevamente.

"No me dio nada. Ella es mía, y eso ya lo sabes" – dijo William antes de desaparecer.

***

Alex regresó a la habitación de Isabel con el rostro perturbado. Al entrar, la encontró sentada en la cama, abrazada con su mamá, y su papá a su lado. Ya no brillaba, y se veía descansada.

"¡Alex, mi amor! ¿Qué haces aquí? ¿Cuánto tiempo he estado durmiendo?" – preguntó al ver a Alex y darse cuenta de que ya era de noche.

"Solo unas pocas horas, amor" – dijo Alex. "Vine por ti, pero estabas descansando, así que decidí pasar tiempo con tus padres hasta que te levantaras" – añadió, acercándose a ella y besándole la frente. Ella sonreía agradecida.

"Tuve un sueño muy extraño" – dijo Isabel. "Absorbía la energía de un ser llamado Chronus

e intercambiábamos poderes. Fue muy raro" –
añadió, sacudiendo su cabeza para intentar borrar
las imágenes del sueño.

"¿Y cómo te sientes ahora?" – preguntó Alex.

"Descansada. Me sentía muy cansada antes" –
dijo ella.

"Vamos a comer algo juntos. Es tarde y seguro
todos tenemos hambre" – dijo Claire.

"Yo ciertamente tengo" – dijo Adrian.

Todos cenaron y lo pasaron muy bien. Al final
de la cena, tomaron té y luego Isabel y Alex se
fueron después de que ella tomara algunas cosas
que necesitaba. Claire y Adrian acordaron con
Alex no mencionar nada acerca de lo sucedido.

"¿Me estás mirando fijamente?" – preguntó ella
mientras se cepillaba los dientes y se ponía sus
pijamas. Alex estaba detrás de ella.

"Estoy mirando fijamente a mi futura esposa" –
dijo él. "Soy tan afortunado de tenerte" – añadió,

sintiéndose feliz pero a la vez preocupado por las palabras de William.

"Siempre me tendrás, por toda la eternidad" – dijo ella. Alex deseaba que fuera cierto.

"Mi conversación con William fue perturbadora, pero ahora la prioridad es buscarlas coordenadas" – le dijo Zagreus a Orfeo.

"Lo sé"– respondió Orfeo. "Envié a Sikh a Mecca. Lleva consigo el cetro dorado que lo guiará hasta el mapa de estrellas" – añadió.

"¿Le advertiste que fuera cuidadoso? Los Administradores tienen Rastreadores enMecca porque es una ciudad con mucho conocimiento" – continuó. "Probablemente ahora incluso hayan doblado sus Rastreadores allí" – añadió.

"Le dije que fuera cuidadoso. Salió con uno de mis equipos especiales, entrenados para evadir Rastreadores" – dijo Orfeo. "Una vez que tenga el mensaje, me lo hará saber. Estaré vigilando toda la operación desde acá. Él regresará pronto" –añadió.

"Espero que esté seguro. Le debemos mucho a su padre" – dijo Zagreus.

"Estará bien" – dijo Orfeo, dudando. "No te preocupes más. En este momento tienes otras cosas de qué preocuparte" – añadió.

Capítulo 9

La Kabaa

*S*ikh *abordó el jet junto* con los otros miembros del equipo enviados a la misión. Iban a aterrizar en Jeddah y luego salir hacia la Ciudad Sagrada de Mecca. Mecca es conocida como la ciudad más sagrada de la fe islámica. El peregrinaje a la ciudad, conocido como el [1]Hajj, es obligatorio para todos los musulmanes.

Sikh era musulmán y una vez había visitado la ciudad con su padre. En esa ocasión, pudo comprobar que era una zona muy cosmopolita y populosa, ya que más de quince millones de musulmanes visitan la ciudad anualmente. Sin embargo, los no musulmanes tienen prohibido entrar en ella.

La ciudad estaba ocupada, como usualmente lo estaba. Sikh viajaba con un grupo de tres camionetas blindadas, donde se encontraban los demás miembros del equipo. Eran doce hombres en total. Se dirigieron directamente hacia la Kaaba, un cubo negro que es la edificación central de la mezquita Al-Masjid Al-Haram (Mezquita Sagrada), la mezquita más importante del Islam. Sikh sabía que una parte importante del Hajj era el Tawaf, que consistía en caminar alrededor de la Kaaba siete veces en sentido contrario a las agujas del reloj.

El Sr. Adam le había indicado que para obtener los códigos que necesitaban, era necesario caminar alrededor de la Kaaba. Tenía que mantener el cetro dorado a salvo y usarlo como guía para localizar el mapa de estrellas. Sikh también sabía que caminar alrededor de la Kaaba tenía un profundo significado de unificación de los creyentes en un Ser Supremo, pero también existía una conexión entre este acto y el movimiento de los planetas y galaxias. Intuía que el mapa de estrellas tenía que ver con las antiguas escrituras.

El equipo estacionó los vehículos y comenzaron a caminar a través de la multitud. Los choferes se quedaron dentro, con los autos encendidos. Debían estar preparados para cualquier eventualidad. Todos estaban entrenados para identificar cualquier amenaza, y la misión iba a basarse en constantes riesgos.

Mientras caminaban en dirección a la Kaaba, muchas personas lo hacían también en la misma dirección. El equipo se dividió para cubrir todos los posibles ángulos. Todos llevaban las tradicionales túnicas blancas, con armas ocultas debajo. No iba a ser fácil distraer a la cantidad de policías que se encontraban en el área.

Sikh estaba acostumbrado a hacer lo que le pedían sin cuestionar, pero esta vez comenzó a percatarse de que quizás la misión era más peligrosa de lo que había imaginado. Jamás había sido enviado con un equipo de hombres armados. A pesar de sus dudas, siguió caminando hacia el enorme cubo negro, haciendo lo posible por evadir a las personas que lo empujaban o tocaban el cetro que llevaba disfrazado. Había guardias por todos lados y, si no tenía cuidado, podrían verlo como una amenaza para la seguridad.

Una vez cerca de la Kaaba, Sikh se sintió feliz de poder verla nuevamente. La edificación era una manifestación sagrada de la fe de Abraham e Ismael en la casa de Dios (Allah). Se pensaba que ese lugar había sido venerado por ángeles antes de la creación del hombre.

Comenzó a seguir a la multitud. Mientras caminaba, decidió orar y colocar sus intenciones en el aire, esperando recibir el mensaje. El Sr.

Adam le había explicado que el código sería revelado a través de las ondas electromagnéticas del cetro, y él sentiría las vibraciones cuando llegara el momento. El día estaba caluroso, y la multitud avanzaba lentamente. Miles de personas se encontraban allí. Algunas parecían cansadas y sedientas, mientras que otras se mantenían firmes, enfocadas en su peregrinar, sin importarles el calor ni la multitud que los rodeaba.

Sikh continuó caminando alrededor del cubo lentamente, siguiendo a algunas personas a su lado y haciendo lo posible por no llamar la atención. El cetro, disfrazado de bastón, no podría ser descubierto a simple vista. Desde su posición, podía ver a los otros miembros del equipo mirándolo desde distintos ángulos, aunque la multitud dificultaba la tarea.

Entonces, algo extraño sucedió. Sikh comenzó a sentir un entumecimiento en sus piernas, como si el suelo bajo sus pies se volviera más pesado con cada paso. Un peso invisible oprimía su cuerpo, dificultándole avanzar. Sintió un agotamiento repentino e inusual, algo que no tenía explicación, pues era un hombre fuerte y saludable. Sabía que aquello no era normal. Algo, o alguien, intentaba interrumpir su misión.

Pero Sikh no era de los que se rendían fácilmente. No permitiría que fuerzas oscuras lo detuvieran. Apretó el cetro con ambas manos y comenzó a orar con más fervor, buscando la fuerza necesaria para continuar. Fue entonces cuando notó que las personas a su alrededor lo miraban fijamente, como si de alguna manera supieran por qué estaba allí. Pero, ¿cómo podrían reconocerlo? No conocía a nadie en la multitud. Se sintió incómodo, pero decidió ignorarlos y seguir caminando.

De repente, una voz resonó en su mente, susurrante y etérea:

"Sikh, no tendrás éxito contra las Fuerzas Oscuras. Estás perdiendo el tiempo."

Se detuvo en seco, escudriñando la multitud, pero no pudo identificar quién le hablaba. Su corazón latía con fuerza, pero no cedió. Dio otro paso.

"Todos te han mentido."

La voz insistía, sus palabras eran como una brisa helada recorriendo su espalda. Pero Sikh se aferró a su fe. Cerró los ojos un instante, inhaló profundamente y siguió con su tarea.

Entonces, la Kaaba comenzó a brillar frente a él. Un sonido emergió del aire, una melodía celestial, la más hermosa que jamás había escuchado. Sintió que era parte del mensaje. Su piel se erizó, y un escalofrío recorrió su columna. Arriba, en la cúspide de la Kaaba, una estrella apareció, girando sobre sí misma y aumentando su resplandor con cada segundo.

El cetro dorado comenzó a vibrar en sus manos. Una luz dorada brotó de él y se extendió hacia la estrella, conectándolos en un resplandor radiante.

De repente, todo se oscureció.

Sikh ya no estaba en la Tierra.

A su alrededor, un vasto universo se desplegaba. Millones de estrellas giraban, entrelazadas en una danza infinita. Planetas completos flotaban en la inmensidad, iluminados por el resplandor de soles lejanos. Era un espectáculo hermoso, sobrecogedor, y en su centro, una presencia inmensa de amor lo envolvió.

Una de las estrellas comenzó a brillar con más intensidad que las demás. Líneas doradas emergieron de ella, conectándose con otras estrellas y formando un patrón en el firmamento. Sikh comprendió al instante: estaba viendo el mapa de estrellas, y él estaba dentro de él.

Lejos de allí, Orfeo observaba la escena a través de los ojos de Sikh. Gracias a un avanzado sistema de lentes de contacto, cada detalle que Sikh veía o escuchaba era transmitido en tiempo real. Lo que aparecía ante sus ojos era algo que desafiaba toda lógica: el mapa de estrellas no solo era una maravilla, sino que representaba un nivel de tecnología asombroso.

Orfeo no podía creerlo. La complejidad del diseño, la precisión con la que revelaba ubicaciones ocultas—lugares que ni siquiera los mapas más avanzados que poseía podían mostrar—era algo fuera de este mundo. Lo que él y Sikh estaban presenciando no era solo un descubrimiento. Era la clave de algo mucho más grande, un secreto enterrado en los confines del Sistema de Universos.

Pero entonces, el mapa comenzó a desvanecerse. Poco a poco, las luces se apagaron, las líneas doradas se disiparon en la oscuridad y la visión cósmica se desmoronó. En un parpadeo, Sikh volvió a encontrarse entre la multitud. Todo a su alrededor transcurría con normalidad. La gente caminaba alrededor de la Kaaba, orando en paz, ajena a lo que acababa de suceder.

El cetro ya no vibraba. No emitía sonidos.

El peso que había paralizado su cuerpo desapareció, y por primera vez en minutos, sus piernas volvieron a responder con ligereza.

Llevó su mano derecha a su oído y habló en voz baja:

—¿Vio eso, Sr. Adam?

Una voz fría y calculadora respondió a través del diminuto comunicador oculto en su oído:

—Muy bien, Sikh. Regresa a casa.

Sikh no necesitó más instrucciones. Giró sobre sus talones y comenzó a moverse con rapidez entre la multitud, esquivando cuerpos con precisión. El equipo se desplegó tras él, siguiendo su ritmo sin llamar la atención.

Pero entonces...

Un sonido atronador sacudió el aire.

El suelo tembló bajo sus pies.

Un rugido profundo, como el estruendo de una tormenta desatada en las entrañas dela Tierra, recorrió el lugar. La multitud estalló en pánico. Gritos de terror se elevaron cuando el temblor aumentó. Sikh vio a personas corriendo en todas direcciones, empujándose unas a otras, tratando de huir de algo que aún no comprendían.

Y luego las vio.

Figuras oscuras surcando el cielo, envueltas en sombras, descendiendo con una velocidad imposible. Eran siluetas deformes, carentes de rasgos definidos, pero con una presencia abrumadora que helaba la sangre. La gente las señalaba con el rostro desencajado por el horror.

Sikh nose quedó para observar. Dos de sus hombres llegaron a su lado y lo empujaron hacia los autos estacionados. Se metieron a toda prisa en el vehículo blindado, cerrando las puertas con fuerza.

Pero algo iba mal.

Humo.

Denso, asfixiante, comenzaba a filtrarse en el interior del auto. Una tormenta de arena estalló afuera, devorando la ciudad en un remolino de polvo y sombras.

Sikh intentó respirar, pero el aire quemaba sus pulmones. No había oxígeno. Sus compañeros se desplomaron uno tras otro, asfixiados.

Su vista se nubló.

Intentó abrir la puerta, pero sus fuerzas lo abandonaban.

Lo último que vio antes de perder el conocimiento fue la silueta oscura de una figura alta acercándose al auto...

Y luego, solo oscuridad.

***

"Orfeo, ¿qué sucedió en Meca?" —preguntó Zagreus por teléfono.

"Aún no lo sabemos con exactitud" —respondió Orfeo.

Después de su última conversación con Sikh, Orfeo recibió noticias sobre una gigantesca tormenta de arena que azotó Meca. La transmisión se cortó, impidiéndole advertirles del peligro. Luego supo que también hubo un terremoto y que Sikh, junto con todo el equipo, había desaparecido.

"Hablé con Sikh justo después de que obtuviera el mapa de estrellas... y segundos después, todos desaparecieron" —dijo Orfeo, preocupado.

"Estoy seguro de que Hades y Zeus están detrás de esto" —afirmó Zagreus.

"Lo sé"—asintió Orfeo.

"Los encontraremos" —aseguró Zagreus.

"Ya estoy en ello" —replicó Orfeo—. "Ese era mi equipo más élite, pero he reunido otro para buscarlos. No descansaré hasta encontrarlos".

"Las noticias sobre el desastre están en todos los medios" —comentó Zagreus—. "Después de lo que ocurrió en Londres, la gente está más alerta ante eventos como tormentas y terremotos".

"Imagínate lo que sucederá cuando la Gran Guerra estalle en la Tierra" —dijo Orfeo—. "Será aún más difícil para los gobiernos ocultarnos".

"Siempre he creído que no tiene sentido mantener a la humanidad en la ignorancia"—señaló Zagreus—. "El ángel William debe estar manejando la situación. Los Cielos Celestiales están encargados de la mediación y la información antes de una guerra".

"He descifrado el mensaje del mapa de estrellas" —anunció Orfeo—. "Tengo las coordenadas".

Hizo una pausa antes de continuar:

"Te parecerá curioso, pero la estrella a la que apunta es Capadocia, tal como dijo Isabel. Se creía extinta y olvidada durante miles de años, incluso borrada de nuestros mapas. Por eso ahora aparece en el mapa de estrellas: estaba oculta".

"Necesitaré tiempo para llevarte allí a salvo" —añadió.

Zagreus frunció el ceño.

"Me intriga saber qué hace Chronus en la estrella Capadocia" —dijo pensativo—. "Esa estrella pertenecía a mi madre. Fue un regalo de mi padre, Hades, cuando se casaron. Ella misma sugirió ocultarla de los mapas... No entiendo por qué ahora ha resurgido".

"Existen muchas cosas que aún no entendemos" —dijo Orfeo.

"Consultaré al Oráculo" —respondió Zagreus.

***

"Phillip, necesitaré salir por una hora. Por favor, cuida de Isabel hasta que regrese"—pidió Alex a Phillip temprano en la mañana.

"Por supuesto" —respondió Phillip de inmediato.

Alex salió en su Lamborghini negro rumbo al Museo Británico. En el camino llamó al director del museo para notificarle su visita y obtener acceso a una de las antiguas piezas griegas. Sus ancestros habían donado esas reliquias casi un siglo atrás, considerándolo el lugar más seguro para preservarlas.

Al llegar, un hombre robusto, de baja estatura y cuarenta y tantos años, vestido con un traje anticuado, lo esperaba en la entrada.

"Señor Cavendish, un placer recibirlo. Vine en cuanto me avisó" —dijo con cortesía mientras se acomodaba la corbata. Parecía haber salido con prisa, aunque afortunadamente vivía cerca.

"Gracias por abrir temprano para mí, señor Potts" —respondió Alex.

"Es un honor atender a cualquier miembro de la familia Cavendish. Si hay algo más en lo que pueda ayudar, no dude en pedírmelo" —dijo el señor Potts con una sonrisa.

"Estaré bien" —contestó Alex—. "Solo necesito la vasija".

"La hemos colocado en el cuarto VIP para que pueda examinarla con tranquilidad. No hay apuro" —informó el señor Potts.

"Gracias"—dijo Alex mientras subía las escaleras.

El Museo Británico tenía una imponente entrada con una escalinata central. Al ascender, Alex pasó junto a la exhibición egipcia, donde muchas piezas donadas por su familia se exhibían desde hacía años.

Al final del extenso corredor, un pasillo conducía a una serie de puertas marcadas con la palabra "Privado". El señor Potts abrió una de ellas, seguido de cerca por Alex.

El cuarto era completamente blanco, con una mesa en el centro iluminada por una luz brillante. Encima y a los lados, había lentes magnificadores y diversas herramientas. Alex recorrió la sala con la mirada hasta que sus ojos se posaron en la vasija, ubicada en el centro de la mesa principal.

Era una antigua ánfora de cerámica. Su superficie negra contrastaba con los bordes dorados, y sus paneles exhibían escenas pintadas de Euristeo, Atenea, Yolao y Heracles en distintas situaciones de cacería y juegos. Alex sonrió al observarlas, evocando recuerdos especiales.

"Todo está listo, la vasija está aquí" —anunció el señor Potts, señalándola con un gesto. "Ahora lo dejaré solo. Por favor, avíseme si necesita algo más".

"Gracias por su ayuda, señor Potts" —respondió Alex con cortesía—. "Puedo manejarme".

"De acuerdo" —asintió el señor Potts—. "Fue un placer conocerlo. Fui buen amigo de su padre".

"Un hombreo obsesionado con la arqueología" —comentó Alex con una media sonrisa.

"Ciertamente lo era" —respondió el señor Potts antes de cerrar la puerta de la habitación

[1] Peregrinaje musulmán a Mecca que tiene lugar el ultimo mes del año, y que todos los Musulmanes deben realizar al menos una vez en su vida

Capítulo 10

El Oráculo

*A*lex estaba completamente solo, contemplando la vasija. Las memorias lo invadían, recordándole el momento en que el Oráculo le ofreció un regalo único. Sabía que podía comunicarse con él en cualquier momento, pero la conexión era arriesgada: los Rastreadores vigilaban cada movimiento. Aun así, debía asumir el riesgo.

La vasija servía como un conducto entre el Oráculo y la Tierra. Los curadores del Museo Británico siempre habían sospechado que era una pieza peculiar, fabricada con materiales inexistentes en el planeta. Sin embargo, decidieron no indagar demasiado e incluirla en la colección de piezas de origen desconocido. La mejor manera de proteger aquellos objetos era ignorando su verdadera procedencia.

Alex colocó ambas manos a los lados de la vasija y cerró los ojos, concentrándose en la llamada al Oráculo. Al principio, sintió un frío intenso recorrer sus manos, mientras la superficie del recipiente cambiaba de color y comenzaba a girar lentamente. De repente, imágenes de planetas y estrellas surgieron a su alrededor, como si estuviera flotando en el vasto espacio del universo. Los planetas giraban, sus lunas orbitaban a una velocidad vertiginosa, y el tiempo parecía avanzar a gran velocidad.

Entonces, una luz brillante rompió la oscuridad. Dentro de ella, tres mujeres de belleza sobrehumana emergieron y hablaron al unísono:

—Príncipe Zagreus de Gaia, ¿por qué nos has llamado ahora? ¿Qué otro regalo necesitas?

El Oráculo se manifestaba como tres mujeres que representaban el pasado (conocimiento), el presente (amor) y el futuro (pureza). Aunque eran antiguas, conservaban una apariencia juvenil y estaban en deuda con Zagreus, quien las había salvado de la destrucción durante la Guerra de los Titanes.

—Antiguo Oráculo, gracias por el último regalo. Me ayudó mucho —dijo Zagreus en señal de gratitud.

En una de sus vidas, Zagreus había suplicado por la vida de Makala, quien padecía una enfermedad incurable. El Oráculo la sanó y le concedió una larga existencia. Sin embargo, el destino fue cruel: él murió antes que ella, dejándola sola.

—Príncipe Zagreus, hijo de la Luz, las respuestas que buscas cambiarán tu destino —advirtió el Oráculo—. Tu madre te dará la mitad de la verdad, y el Ángel William, hijo de Gabriel, la otra mitad. Debes ser sabio para descifrarlas, pues dolor y tristeza te seguirán.

—No entiendo —dijo Zagreus con inquietud—. ¿Mi madre y William están involucrados en esto?

—Sí —confirmó el Oráculo—. Ambos poseen las respuestas que buscas. Ambos esperan que hagas las preguntas correctas.

—¿Cuáles son las preguntas correctas? —preguntó Zagreus.

—Si Makala es tuya —respondió el Oráculo.

—Estoy seguro de su amor por mí —afirmó Zagreus.

—Makala hará cambios irreversibles durante su vida. Cambios que están en espera hasta que todo siga su curso. No será Makala por mucho tiempo más. Es un ser sagrado que necesita completar su ciclo de transformación para seguir evolucionando. Debes prepararte para hablar con Chronus y negociar el retorno de sus memorias y experiencias —explicó el Oráculo.

—¿Porqué la estrella Capadocia de Perséfone está involucrada en la ubicación de Chronus? —preguntó Zagreus.

—Porque Perséfone lo ocultó y lo protege. Pregúntale tú mismo —respondió el Oráculo.

Zagreus llevó una mano a su frente, intentando asimilar la información. Sabía que el Oráculo no mentía, pero le resultaba inconcebible que su madre estuviera involucrada con Chronus todo este tiempo sin haberle dicho nada.

El Oráculo permanecía frente a él, esperando. Se produjo un largo silencio antes de que volviera a hablar:

—Príncipe Zagreus, tu destino no es la infelicidad. Deberás hacer un gran sacrificio por amor y serás recompensado con amor. Mientras tanto, la fortaleza será tu única compañía —declaró el Oráculo—. La Gran Guerra ha comenzado y muchos seres aún no lo saben, especialmente los humanos. No han sido advertidos. Makala está absorbiendo más poder que nunca a través del Rey Chronus. Juntos están creando un puente en el Sistema y eliminando las paradojas. El Sistema cambiará nuevamente.

—¿Esa es la paradoja que afecta mis planes de encarnación y sus cambios repentinos? ¿Laque fue creada por los Administradores? —preguntó Zagreus.

—Sí, y la Princesa Makala tiene el poder de alterar el Sistema de Universos una vez más —dijo el Oráculo—. En poco tiempo descubrirás dónde yace tu verdad, Príncipe Zagreus, pero tendrás que elegir. Ambas decisiones traerán dolor al principio —añadió.

—Creo que sé a lo que te refieres —murmuró Zagreus, recordando su conversación con William y cómo mencionó que Isabel estaba con él en el futuro. Sintió un fuerte dolor en el pecho y cerró los ojos. Luego los abrió nuevamente, recordando su promesa de hacer lo que fuera necesario para mantener a Isabel segura y feliz.

—Sabio Príncipe Zagreus. Has aprendido —dijo el Oráculo—. Necesitas tiempo para asimilarlo, pero las respuestas llegarán pronto.

El Oráculo desapareció, dejando a Zagreus solo en la habitación, con la vasija en el centro de la mesa.

Alex contempló la vasija una vez más antes de cerrar la puerta del cuarto. Caminó hacia la salida del museo, pero la rabia comenzó a invadir sus pensamientos. De repente, se detuvo, dio media vuelta y se dirigió al baño de hombres. Cerró la puerta tras él con fuerza.

—¡Madre!—gritó—. ¡Te quiero aquí ahora!

Perséfone tenía la libertad de viajar a donde quisiera, especialmente si su hijo la llamaba. Zagreus nunca antes había recurrido a ella de esa manera, pero esta vez era distinto. Necesitaba respuestas.

Un pequeño círculo negro apareció en el aire, flotando. Luego comenzó a expandirse hasta que una figura femenina emergió con movimientos elegantes.

Perséfone era una mujer de una belleza imponente, con una figura esbelta que la hacía parecer una modelo. Sonrió al ver a Zagreus.

—Ya veo que has encontrado el camino que debías seguir, hijo —dijo con dulzura.

Vestía un conjunto de pantalones y chaqueta blancos con tacones plateados. Se sentó sobre el lavamanos, recargándose contra el espejo. Se veía increíblemente joven.

—Madre, ¿por qué Chronus está usando la estrella Capadocia para esconderse? —preguntó Zagreus, mirándola fijamente a los ojos.

—¿Porqué me preguntas eso? —replicó Perséfone, visiblemente sorprendida.

—Me mentiste —dijo Zagreus, su tono firme y decidido—. Dijiste que no sabías dónde estaba Chronus, y ahora resulta que tiene las memorias y experiencias de Makala. Necesito encontrarlo.

—Escúchame —respondió Persephones—. Hay cosas que no sabes, y que si las conocieras, causarían mucho daño. Es mejor dejarlas como están.

—Madre, necesito encontrar las memorias y experiencias de Isabel. Ella arriesgó todo por mí, pensando que podría llegar a un acuerdo con Chronus. Tomó el Sueño Dorado para salvarme y no pude regresar a tiempo para evitarlo. Ahora necesito salvarla —explicó Zagreus, su voz llena de desesperación.

—Has arriesgado todo —dijo Persephones con tristeza—. Makala tomó la decisión de tomar el Sueño Dorado, pero eso no excusa que sigas cometiendo más errores.

—Necesito que me expliques claramente —respondió Zagreus con impaciencia—. ¿Qué tipo de errores? ¿Qué más estás ocultando? Y aún más importante, ¿por qué ayudas a Chronus?

—Sabes que Chronus ha estado reuniendo seres del Sistema de Universos para luchar contra tu familia en la Gran Guerra —dijo Persephones con seriedad—. Queremos evitarlo, porque sabemos que cuenta con un gran grupo de seguidores y Gaia está amenazada por esta guerra. Le ofrecí a Chronus asilo y mi silencio en Capadocia, porque nadie pensaría que está allí, pero no sabía que lo usaría para organizar una guerra. Intenté negociar con él para que cambiara de parecer, pero no lo hará. Está listo, y ahora Gaia necesita apoyo. Los Gaianos son tu familia, y necesitas escoger un bando. No deberías estar del lado que está en contra de tu familia.

—Mis padres tomaron el reino de Chronus que no les pertenecía. Él solo quiere lo quele pertenece —dijo Zagreus, su tono cargado de resentimiento.

—Es cierto —admitió Persephones—, pero también quiere deshacerse de nuestra familia y de los Gaianos que nos han apoyado. Todos los que han estado del lado de este reinado enfrentan consecuencias, incluyéndome a mí y al resto de la familia.

—¿Cómo puedes hacerme esto ahora? —dijo Zagreus, su voz llena de incredulidad—.¿Haciendo acuerdos con Chronus que lo ayudaron a lograr lo que deseaba? No fue muy inteligente.

—Lo sé...—susurró Persephones.

—¿Porqué lo ayudaste? —insistió Zagreus, su mirada fija en la de su madre.

—Prometió que cuando retomara Gaia, te haría Rey. Y me aseguró que no te haría daño —dijo

Persephones, con lágrimas inundando sus ojos negros.

—Jamás dije que deseaba ser Rey —respondió Zagreus con frialdad.

—Eres la única esperanza para el Universo Gaiano. Si no aceptas ser Rey, todos moriremos—dijo Persephones con desesperación—. Si Chronus regresa, destruirá a todos los que han vivido bajo el nuevo reinado. Creí que podría controlarlo, pero no esperaba que llegara tan lejos.

—¡Es un Dios Rey, madre! Y tiene todo el apoyo del Fundador. ¿Qué esperabas lograr con su alianza? ¡No te necesita! Solo tomó lo que le convenía —gritó Zagreus.

Hubo una larga pausa.

—Asumo que nadie más sabe de esto —dijo Zagreus finalmente.

—Solo el Oráculo, a quien ya llamaste —admitió Persephones—. Sabía que me buscarías tarde o temprano. El Oráculo era tu última esperanza.

—¿Y ahora qué se supone que haga? ¿Pelear del lado de Gaia en contra de todos, incluyendo a Makala? Porque cuando la traiga de regreso, luchará contra las Fuerzas Oscuras. Tengo que estar de su lado.

Persephones lo observó con pesar antes de murmurar:

—He oído que el ángel William, hijo de Gabriel, está enamorado de ella. Y sabes lo que eso significa.

Zagreus frunció el ceño y su mirada se endureció.

—¿Qué insinúas, madre? —preguntó, su molestia creciendo de nuevo.

—El Ángel Gabriel puede frenar la guerra. Es el único que puede convencer a Chronus de negociar con tus padres y perdonar a los Gaianos —dijo Persephones.

—¿Y qué tiene eso que ver con Makala? —preguntó Zagreus, intrigado.

—Gabriel debe proteger al amor de su hijo si están juntos. No puede hacerle daño a su propia familia —respondió Persephones—. Es una forma de evitar este desastre y salvar a Gaia. ¿No lo ves? —insistió.

Zagreus negó con la cabeza, su frustración creciendo.

—No lo veo. Yo la amo, y ella me ama. Hemos luchado demasiado por estar juntos, y ahora me sales con esta idea absurda. ¿Cómo se supone que esto me ayuda? —su voz se elevó, reflejando su impotencia—. ¿Quieres que renuncie a Makala para salvar a mi gente de una destrucción que ellos mismos provocaron? ¿Que deje que el Ángel William se quede con ella solo porque eso supuestamente salvará a Gaia? —su tono era irónico, casi desafiante.

—Por favor, piénsalo —insistió Persephones—. Date tiempo para procesarlo, tiene sentido. Makala siempre arriesga su vida por ti, y en esta guerra podría morir o salir gravemente herida. Gaia también te necesita. Estoy preocupada por lo que viene. Reflexionar sobre tu pueblo no es solo un sacrificio, sino una responsabilidad.

Zagreus la miró con incredulidad.

—¿Y cuáles tu gran solución? —espetó—. ¿Otra de tus famosas granadas?

—Funcionan—dijo ella con serenidad—. Tú y Makala podrían seguir con sus vidas separadas y poner fin a esta locura de una vez por todas.

—¿Eso crees?

—Los amo a ambos, pero esto ha ido demasiado lejos. Con el Rey Chronus y la Gran Guerra en el medio, todo se complica cada vez más. Si logramos negociar con William, estoy segura de que podríamos frenar la guerra —añadió Persephones.

—No tengo nada que pensar —dijo Zagreus con firmeza—. La amo, y no hay nada que puedas hacer para convencerme de renunciar a ella.

Hubo un silencio tenso.

—Esto no tiene sentido para mí —continuó—. Tú, ayudando a Chronus a esconderse en Capadocia... ¿Por qué lo harías realmente? ¿Por qué sigues jugando un doble juego, incluyéndome a mí?

—Ya te dije por qué —respondió Persephones, su voz temblando levemente.

Zagreus entrecerró los ojos y avanzó un paso hacia ella.

—¿Qué más me ocultas? —preguntó con un tono amenazante—. Será mejor que me lo digas ahora, porque tarde o temprano descubriré la verdad. Y si me has mentido... note perdonaré.

Persephones apartó la mirada, respiró hondo y luego lo soltó de golpe:

—Makala está enamorada de ustedes dos.

Zagreus bufó, exasperado.

—Por favor, madre...

—Escúchame—insistió ella—. ¿No quieres la verdad?

Él no respondió, pero su expresión se endureció.

—Makala es sagrada, y los Sagrados solo pueden unirse con otros Sagrados. Es su destino, como lo fue para William —explicó Persephones.

Zagreus frunció el ceño.

—¿Qué estás tratando de decirme?

Ella suspiró profundamente antes de soltar la revelación.

—Los ángeles y los dioses deben gobernar juntos. Ella los ama a ambos... porque ustedes comparten la misma energía sagrada.

El corazón de Zagreus martilló en su pecho.

—No entiendo...

Persephones lo miró con tristeza.

—Tú y William son hijos del mismo ángel sagrado.

Zagreus sintió un escalofrío recorrer su espalda.

—¿Ángel Gabriel es mi padre?

—Sí—susurró ella.

El mundo pareció detenerse.

—Era un amor prohibido... y aun así lo vivimos —continuó Persephones con melancolía—. Nos amábamos, pero si Hades y Zeus lo descubrían, me habrían matado. Así que mentí. Dije que eras hijo de Hades... Hasta que un día él me escuchó hablando con el Oráculo sobre la verdad, y tuve que decir que eras hijo de Zeus.

Zagreus sintió que su mente se desmoronaba.

—Tenía que protegerte —susurró Persephones, con lágrimas en los ojos—. Y la única forma era hacerlos creer que eras suyo.

Zagreus tragó en seco.

—¿Cómo has sido capaz de guardar este secreto por tanto tiempo?

—Chronus   me   ayudó   —confesó Persephones—. Él conoce la verdad sobre tu origen. Pero la profecía te involucra directamente porque eres hijo de la luz de los Cielos Celestiales, al igual que William.

Zagreus apretó los puños.

—¿Y qué significa eso exactamente?

—Gabriel es un descendiente puro de los Cielos Celestiales, al igual que la madre de William —continuó ella—. Eso convierte a William en un descendiente puro... pero tú, en cambio, no lo eres completamente.

Zagreus sintió un nudo en el estómago.

—¿Y Chronus? ¿Qué más sabe él?

—Chronus sabe que la profecía involucra a William y Makala, pero hay algo más grande...algo que nunca me ha revelado.

El silencio se hizo espeso. Zagreus cerró los ojos por un instante, sintiendo que su mente se fragmentaba con cada palabra.

—¿Ángel Gabriel sabe esto?

—Sí, pero sabe que no puede decir nada —respondió Persephones—. Acordamos no volver a vernos. Duele como el infierno... aunque, de todos modos, vivo en el infierno —agregó con una sonrisa amarga.

Zagreus apoyó la cabeza en sus manos. Su mente era un caos.

—Entonces William es mi hermano.

—Sí, tu medio hermano.

Zagreus dejó escapar una risa incrédula.

—Esto es una locura. Secretos, mentiras... toda mi vida ha sido una mentira tras otra. Y contigo nunca parece haber un final.

—Lo siento. Todo lo hice para protegerte —susurró Persephones.

Zagreus comenzó a caminar de un lado a otro. Su respiración era pesada. Necesitaba aire, necesitaba escapar. Finalmente, se volvió para mirarla una última vez antes de salir del baño con furia. La puerta se cerró con un golpe seco.

***

Alex llegó a la casa, estacionó el auto y se dirigió directamente al estudio. Tenía que llamar a Orfeo.

En el camino, Phillip le informó que Isabel seguía en la habitación, posiblemente aún dormida.

—Sabía que algo sucedía —dijo Orfeo en cuanto contestó la llamada—. Esto lo cambia todo... y ahora tienes mucho más en qué pensar.

Zagreus respiró hondo, tratando de ordenar sus pensamientos.

—Siento que mi mente da vueltas ahora. No esperaba esa información.

—Significa que, según la profecía, Makala debería estar con Ángel William —dijo Orfeo con cautela.

Zagreus respondió con incredulidad.

—¿Estás pensando claramente, Orfeo? ¡Eso no es algo que yo pueda considerar! —exclamó, su enojo creciendo.

—Es lo que aparentemente está destinado a ser —respondió Orfeo con calma—. No es lo que deseas, por supuesto.

Zagreus apretó los dientes.

—La amo.

—Lo sé. Pero su relación les ha traído muchos inconvenientes... tal vez haya una razón para ello.

—No voy a pensar en eso —dijo Zagreus, cerrando el tema con firmeza—. Por favor, sigue enfocado en el viaje a Capadocia.

Orfeo entendió que Zagreus no quería continuar la conversación.

—Estoy en eso —dijo con un leve suspiro—. Pero tomará algo de tiempo. El problema noes llegar allá, sino el retorno.

—¿Qué quieres decir?

—Necesito asegurarme de que mis cálculos sean precisos. Si me equivoco, quedarás atrapado sin forma de regresar.

Zagreus asintió, confiando en la habilidad de Orfeo.

—Estoy seguro de que encontrarás la manera.

—Eso espero...

Hubo un breve silencio antes de que Zagreus preguntara:

—¿Noticias de Sikh?

Orfeo negó con la cabeza al responder, su expresión se oscureció.

—Nada aún. Estoy preocupado. Mi equipo no encontró rastro alguno... como si se hubieran desvanecido.

Zagreus sintió un escalofrío recorrerle la espalda. Algo no estaba bien.

***

Zagreus se dejó caer en una silla, su mente un torbellino de pensamientos después determinar la llamada con Orfeo. Cada conversación —con el Oráculo, su madre Persephones y ahora Orfeo— lo llevaba a la misma conclusión: Makala y William estaban destinados a estar juntos.

Pero su amor por Makala era infinito, inmortal. Le quemaba el alma, le oprimía el pecho con una furia desesperada. ¿Cómo podía siquiera considerar dejarla ir? Todo dentro de él gritaba que debía seguir luchando, que no podía rendirse después de todo lo que habían atravesado juntos.

Ella estaba allí, con él. Viva, real, tangible. ¿Cómo podía imaginar un futuro en el que sus caminos se separaran? ¿En serio era lo mejor para ambos? No... no podía serlo. El solo pensamiento de perderla lo desgarraba por dentro.

Sus manos se cerraron en puños, los nudillos blancos de la presión. El dolor era insoportable. Ya habían sufrido demasiado, demasiado para resignarse a un destino impuesto por otros.

No. No importaba lo que dijeran. No importaba quién intentara separarlos. Seguiría adelante. Contra todo y contra todos.

Porque rendirse... simplemente no era una opción.

Capítulo 11

La unión

*I*sabel despertó lentamente, su cuerpo aún sumido en la placidez del descanso. Sus ojos recorrieron la habitación hasta detenerse en la mesa de noche. Allí, sobre la superficie pulida, descansaba una flor con una nota delicadamente doblada.

"Te amo. Regreso pronto. Alex."

Una sonrisa suave se dibujó en sus labios. Aún podía sentir el cansancio de la noche anterior, pero su cuerpo se sentía renovado. Todo lo ocurrido el día anterior pesaba en su mente, y sin duda, necesitaba ese descanso.

Se incorporó con calma, dejando que su mirada recorriera la habitación. La combinación de negro, dorado y blanco le daba un aire elegante y majestuoso. Era un espacio enorme, más grande que su propio cuarto en casa de sus padres. Caminó descalza, sintiendo la suavidad de la alfombra, y atravesó un vestidor inmenso con puertas de vidrio a ambos lados, hasta llegar al baño.

Frente al lavamanos, un espejo grande reflejaba su imagen. Todo estaba impecablemente organizado, cada detalle pensado con precisión. Se lavó la cara, se cepilló los dientes y, al abrir las puertas del closet en busca de ropa, quedó sorprendida. Frente a ella, una vasta colección de prendas de diseñador, todas nuevas, perfectamente alineadas. Recordó que Alex había mencionado que Phillip iría a comprarle ropa, pero no imaginó que sería tanta.

Eligió un suéter de cachemira suave y unos jeans ajustados. Su estómago gruñó, recordándole que tenía hambre. Bajó a la cocina y se preparó un sándwich generoso con ingredientes frescos y un jugo natural de la nevera. Mientras comía, tomó su teléfono y llamó a sus padres para tranquilizarlos. Ellos agradecieron la llamada con alivio.

Aún estaba sentada, terminando su desayuno, cuando sintió unas manos firmes rodearla por la espalda. Un escalofrío placentero recorrió su piel al sentirlos labios de Alex rozando suavemente su cuello.

—Buenos días, mi amor. Te extrañé —susurró él, su voz profunda y cargada de emoción.

—Yo te extrañé más —susurró Isabel antes de besarlo con ternura.

Alex la miraba, perdido en su presencia, mientras hablaban sobre sus planes para el día. Pero en el fondo, había algo más profundo en su mirada. La idea de no estar con ella, de perderla, era algo que su mente ni siquiera podía considerar. Sería un dolor insoportable, devastador.

—¿Estás bien? —preguntó Isabel, notando su expresión distante.

Alex tomó su mano y la besó con delicadeza, como si al hacerlo pudiera aferrarse a ella para siempre.

—Estoy bien... solo necesitaba estar contigo.

Ella sonrió con dulzura.

—Entonces viniste al lugar correcto, porque aquí estoy.

Él deslizó los dedos por su rostro, acariciándola con adoración.

—Cuando miro en tus ojos, me siento el hombre más afortunado de la tierra. Lo eres todo para mí, Isabel. Eres mi hogar... y quiero que recuerdes algo: jamás te dejaré ir.

Sus palabras estaban impregnadas de una intensidad casi desesperada.

—¿Por qué me dices eso? —preguntó ella, con una mezcla de sorpresa y curiosidad.

—Porque eres mía... y lo serás siempre.

—Y estoy aquí contigo —susurró ella, sintiendo una oleada de emoción en su pecho.

La idea de un futuro juntos le parecía irreal... pero al mismo tiempo, tan perfecta, tan inevitable.

Alex la atrajo hacia él y la besó con un fervor que hizo que su mundo se desvaneciera. Sostuvo su rostro entre sus manos, como si temiera que pudiera desvanecerse en cualquier momento.

—Tal vez suene repetitivo... pero te amo con toda mi alma —dijo con voz firme—. Y estoy seguro de que quiero pasar mi vida contigo.

Isabel lo miró, sintiendo el peso de sus palabras en su corazón. Todo parecía tan real, pero a la vez, como un sueño imposible. Nunca había imaginado estar en una relación seria. Su carrera siempre había sido su prioridad. Pero ahora, Alex estaba ahí, declarándole su amor, y lo único que sentía era que lo amaba de la misma manera. Algo más fuerte que su razón la empujaba hacia él.

Sin embargo, en su mirada había algo más. Tristeza. Un dolor escondido, como si supiera algo que ella no.

—No sé cómo, pero también te amo —dijo ella con voz entrecortada—. Es extraño... pero sé que quiero casarme contigo.

Él la besó de nuevo, esta vez con una pasión desbordante. Sus brazos la rodearon con fuerza, atrayéndola hacia él, como si nunca quisiera soltarla. Isabel sintió cómo su cuerpo se estremecía cuando él la levantó, sentándola sobre la mesa de la cocina. Sus piernas se enredaron a su alrededor, atrapándolo en un torbellino de deseo.

Con una urgencia incontrolable, Alex la llevó a la habitación. Sus labios exploraban cada rincón de los suyos, su lengua deslizándose suavemente, como si quisiera memorizar su sabor. La pasión entre ellos era abrumadora, innegable. Se amaban. Se necesitaban.

Cuando la respiración de ambos se volvió más pausada, Alex se apartó por un momento y sacó algo de su bolsillo.

—Tengo algo para ti —dijo con una sonrisa misteriosa, mostrando una pequeña caja de dulces.

—¿Una caja de dulces? —preguntó Isabel, arqueando una ceja con curiosidad.

Alex sonrió con un aire de misterio.

—No es solo una caja de dulces... ya verás.

Con el corazón latiéndole fuerte en el pecho, Isabel abrió la pequeña caja. Sus ojos se iluminaron al ver lo que había dentro: un anillo de oro delicadamente trabajado, engastado con esmeraldas brillantes y un diamante majestuoso en el centro.

—Es...hermoso —susurró, sin aliento.

Alex tomó su mano con ternura.

—Eres mi prometida, pero no teníamos un anillo oficial. Quiero que tengas este.

Con una suavidad infinita, deslizó el anillo en su dedo. Le quedaba perfecto, como si hubiera estado destinado para ella desde siempre.

—Es un diamante único, muy antiguo —continuó él, contemplando cómo brillaba en su mano—. Perteneció a una princesa hace mucho tiempo... igual que tú, Isabel. Mi princesa única.

Las palabras de Alex la envolvieron en un torbellino de emociones. De repente, sintió el peso de algo más grande, como si el amor que compartían trascendiera el tiempo y el espacio. Quizás, en otra vida, ya habían estado juntos...

Las lágrimas nublaron su visión. No pudo contenerse y lo abrazó con fuerza, dejando que la felicidad la desbordara. Alex cerró los ojos y la estrechó contra su pecho. Algunas lágrimas rodaron silenciosas por sus mejillas, reflejando la intensidad de lo que sentían el uno por el otro.

***

La boda fue un sueño. Un jardín en las afueras de Londres, bañado por la luz de un sol radiante. Una brisa fresca acariciaba los rostros de los pocos invitados, entre ellos Victoria y Brandon.

La decoración era un elegante contraste de blanco y negro. Isabel, siempre distinta, había decidido romper con lo tradicional: vestía un traje negro que realzaba la belleza del anillo que su madre le había dejado como herencia. En una mano llevaba ese símbolo de su pasado; en la otra, el anillo que sellaba su futuro con Alex.

Su cabello dorado caía en suaves ondas, y una pequeña tiara reposaba sobre su cabeza, dándole un aire de realeza. Frente a ella, Alex la observaba con devoción, impecable en su traje negro de etiqueta.

Victoria se acercó, con una sonrisa luminosa y lágrimas en los ojos.

—¡No puedo creer que te has casado! —exclamó, abrazándola con fuerza—. Estoy tan feliz por ti.

Isabel rió suavemente, todavía aturdida por lo rápido que había cambiado su vida.

—Lo sé...parece un sueño. Hace solo unas semanas nos conocimos, y ahora estamos aquí.

Victoria le apretó las manos con cariño.

—Si estás segura de que amas a alguien, ¿qué demonios? A veces hay que lanzarse.

—Exacto—asintió Isabel, sonriendo—. La vida puede cambiar en un segundo.

Victoria la miró con ternura, incapaz de contener las lágrimas.

—Te veo feliz, y eso es lo único que me importa. Alex es un hombre maravilloso, y realmente te ama. No puedo estar más contenta por ti. Eres mi mejor amiga, Isabel... siempre voy a querer lo mejor para ti.

Isabel sintió que su corazón se llenaba de amor.

—Yo también te amo, Vic. Siempre.

Se abrazaron una vez más, enredadas en la emoción de un momento que quedaría grabado para siempre en sus almas.

—Me vas a hacer llorar... —susurró Isabel, conmovida hasta el alma. Sus ojos brillaban con emoción—. También te amo, y siempre estaré contigo.

Se apartó un poco para mirarla fijamente, como si quisiera grabar ese momento en su memoria.

—Y te protegeré de lo que sea —añadió con una firmeza inesperada.

Victoria parpadeó, sorprendida.

—¿Protegerme? ¿De qué?

Pero Isabel no respondió. Algo en su interior le decía que esas palabras habían salido de su boca por una razón más profunda, como si una parte de ella supiera que algo oscuro acechaba en el horizonte.

Se abrazaron de nuevo, refugiándose en la calidez de su amistad. Victoria, con una sonrisa traviesa, aprovechó para cambiar de tema y comentar sobre el vestido.

—Debo admitir que me sorprende que hayas decidido casarte de negro, pero te ves increíble. Y con esos dos anillos... pareces una reina.

Isabel rió suavemente.

—Sabes que nunca he sido convencional.

La recepción se llevó a cabo con una elegancia impecable. Las luces doradas iluminaban las mesas adornadas con flores blancas y velas titilantes. El murmullo de conversaciones felices llenaba el ambiente, acompañado por el suave sonido de la música de fondo.

Adrián se acercó a la mesa de los recién casados. Su expresión era seria, pero había un brillo de orgullo en su mirada al ver a su hija tan radiante.

—Alex, felicidades por la boda —dijo con tono formal—. Me alegra que se amen tanto y sean felices.

Alex asintió, pero antes de que pudiera responder, Adrián agregó con gravedad:

—Por favor, cuida mucho de mi hija. No quiero que sufra... y mucho menos que se vea envuelta en situaciones que puedan amenazar su paz mental. Hay demasiado en juego en estos momentos. Y tú... tienes problemas en muchos sitios.

Alex sostuvo su mirada sin titubear.

—Prometo que cuidaré de Isabel con mi propia vida.

Adrián analizó sus palabras por un instante, luego asintió con un leve gesto. Parecía satisfecho con la respuesta, aunque sus ojos aún reflejaban preocupación.

La noche transcurrió entre risas, brindis y felicidad genuina. Los invitados disfrutaban de la cena, y la alegría flotaba en el aire.

Pero, en la distancia, oculto en las sombras, alguien los observaba.

William.

Sus ojos estaban fijos en Isabel y Alex, su expresión indescifrable. La luz de la recepción iluminaba la escena frente a él, pero en su interior, todo parecía oscurecerse.

Algo estaba por cambiar.

***

Al día siguiente, Isabel y Alex partieron para su luna de miel. Estambul y Egipto los esperaban con su magia ancestral.

Para Alex, aquellos lugares no eran solo destinos turísticos. Eran fragmentos de recuerdos, ecos de un pasado que aún vibraba en su alma. Había caminado esas tierras antes, en otras vidas, como arqueólogo obsesionado con descubrir los secretos de civilizaciones perdidas.

Isabel lo escuchaba embelesada mientras él hablaba con una precisión asombrosa, describiendo detalles que solo alguien que los hubiera vivido podría conocer. Sus palabras la transportaban en el tiempo, haciéndola sentir parte de algo mucho más grande de lo que jamás había imaginado.

***

Semanas después, regresaron a Londres. Isabel estaba emocionada por su nuevo comienzo en la Escuela de Medicina. Pero la emoción pronto se mezcló con agotamiento. La carga de estudios era intensa, las noches eran largas, y los días parecían desvanecerse entre libros y prácticas.

Alex hacía todo lo posible por estar a su lado. A veces la sorprendía con cenas tardías o pequeñas escapadas para robarle un momento de paz en medio del caos. Pero había días en los que el cansancio pesaba más que el deseo.

Victoria también estaba con ella en clases, y juntas pasaban interminables horas estudiando, apoyándose mutuamente.

Una mañana, mientras Isabel se acurrucaba contra Alex en la cama, suspiró con pesadez.

—Desearía poder quedarme aquí contigo más tiempo... —murmuró, su voz aún adormilada.

Alex acarició su cabello con ternura.

—Lo sé, amor. Debes estar agotada.

Ella levantó la cabeza y lo miró con una sonrisa débil.

—¿Qué harás hoy?

—Trabajaré con mi tío Adam —respondió él.

Isabel asintió lentamente.

—Envíale un abrazo de mi parte.

Conocía de Adam porque Alex le había hablado de él. Vivía en la India y manejaba varias de las compañías de la familia junto con Alex. Telecomunicaciones, automóviles, petróleo... Su imperio abarcaba industrias enteras.

Pero en otro rincón del mundo, lejos de la tranquilidad que compartían, un misterio seguía sin resolverse.

Sikh seguía desaparecido. Zagreus y Orfeo habían agotado cada recurso, cada pista... y nada. Era como si él y su equipo se hubieran desvanecido en el aire, sin dejar un solo rastro.

No podían rendirse. Zagreus contrató más personal, intensificó la búsqueda, pero el silencio era absoluto. Algo estaba ocurriendo. Algo que escapaba a toda lógica.

Mientras tanto, el tiempo avanzaba sin piedad. Isabel se sumergía en su carrera y en la felicidad de su matrimonio. Y aunque la rutina los atrapaba, Alex no permitía que la monotonía los consumiera.

De vez en cuando, la secuestraba después de clases, ignorando cualquier protesta, y la llevaba a pequeñas escapadas a París. Solo ellos dos, el brillo de la Torre Eiffel reflejándose en sus ojos, las noches envueltas en pasión y promesas susurradas entre copas de vino.

Pero algo en el aire empezaba a cambiar.

Y aunque aún no lo sabían, sus días de calma estaban contados.

***

—Necesito irme a la India por unos días. Regresaré tan pronto como pueda —dijo Alex una mañana, su tono serio pero lleno de ternura.

Isabel sintió un pequeño vacío en el pecho. No le gustaba estar sin él, pero entendía que su mundo iba más allá de su relación.

—Por supuesto que no estaré bien sin ti... —dijo con una sonrisa juguetona—, pero tienes que ocuparte de los negocios, amor. Ve y resuelve. De todos modos, tengo mucho que estudiar para mi examen.

Alex la miró con adoración, deslizando sus dedos por su mejilla antes de besarle la frente.

—Está bien. Iré rápido.

***

Días después, Isabel se encontró en la biblioteca con Victoria para estudiar. El aire olía a papel viejo y tinta fresca, un refugio silencioso para quienes vivían sumergidos entre libros y notas.

—Luego de terminar esto, voy a salir con Harold. ¿Lo recuerdas? —preguntó Victoria, cerrando un libro con suavidad.

—Sí...—Isabel frunció el ceño, intentando recordar algo más sobre él. Sabía que Harold salía con Victoria y que tenían una conexión especial, pero había un vacío extraño en su mente. Como si sus memorias sobre él estuvieran borrosas, incompletas.

Victoria tensó la mandíbula. Sabía que debía ser cuidadosa. Alex estaba trabajando en recuperar las memorias de Isabel, buscando la manera de restaurar lo que se había perdido. Hasta que todo estuviera resuelto, debía evitar que Isabel hiciera demasiadas preguntas.

Pero entonces, Isabel la miró con una expresión pensativa.

—¿Sabes qué, Victoria? Esto sonará extraño, pero recuerdo a su amigo... Era alguien muy agradable. William. No lo he visto en mucho tiempo. Desearía poder verlo de nuevo.

El aire pareció cambiar en ese instante.

El suelo tembló bajo sus pies. Un murmullo de alerta recorrió la biblioteca mientras los estudiantes levantaban la cabeza de sus libros. Las lámparas colgantes se mecieron, proyectando sombras inquietantes en las paredes.

No era la primera vez que ocurría algo así. En los últimos días, la tierra había vibrado con pequeños temblores inexplicables, como si algo profundo y oculto estuviera despertando.

Pero esta vez fue diferente.

Un estruendo sordo resonó desde el subsuelo, como si algo hubiese explotado en las entrañas de la tierra.

Los estantes de la biblioteca crujieron. Algunos libros cayeron al suelo con estrépito.

Luego, silencio absoluto.

Un silencio denso, pesado, como si el mundo contuviera la respiración antes de un desastre inminente.

Isabel y Victoria se miraron con el corazón latiendo desbocado.

—¿Qué demonios fue eso? —susurró Victoria, pero en su interior temía conocer la respuesta.

Isabel se llevó una mano al pecho, sintiendo su propio pulso acelerado.

Victoria comprendió al instante lo que había sucedido y suspiró.

"Oh...lo llamó", pensó con inquietud.

Antes de que pudiera reaccionar, la puerta principal de la biblioteca se abrió y un chico rubio, increíblemente atractivo, entró con paso seguro. Sus ojos azules brillaban con intensidad mientras recorría el lugar con la mirada, dirigiéndose directamente hacia donde estaban Isabel y Victoria.

Las conversaciones en la biblioteca se desvanecieron poco a poco. Muchas chicas levantaron la vista de sus libros para mirarlo, algunas susurrando entre ellas.

Vestía jeans ajustados y una chaqueta de cuero negra. Cada movimiento suyo tenía un aire de seguridad y determinación.

Isabel lo observaba fijamente, sus ojos reflejando una extraña calma. No parecía sorprendida. No parecía asustada.

Era como si en el fondo supiera que, si lo llamaba, él vendría.

Victoria, en cambio, estaba perpleja. No sabía qué hacer ni qué decir.

William se detuvo frente a Isabel.

—Hola, Isabel —su voz era suave pero cargada de significado.

Isabel lo miró directamente a los ojos.

—William...—susurró su nombre como si estuviera recordando algo distante pero familiar—.Justamente estaba hablando de ti. No te he visto en mucho tiempo.

No había duda ni incertidumbre en su tono. Solo una afirmación tranquila, como si la idea de su repentina aparición no la inquietara en lo absoluto.

Victoria sintió un escalofrío. Conocía bien a Isabel y la forma en que su mente funcionaba... pero esto era diferente. Esto se sentía peligroso.

William no apartó la mirada de Isabel.

—Estoy aquí ahora —dijo con suavidad—. ¿Querías verme?

—Sí—respondió ella sin dudar.

Victoria sintió que la sangre le corría más rápido. Su instinto le gritaba que algo estaba mal.

William desvió la mirada por un momento y se dirigió a ella.

—Hola, Victoria. Harold vendrá en unos minutos.

Victoria frunció el ceño.

—Se suponía que vendría más tarde, cuando termináramos de estudiar —intentó decir con normalidad, tratando de romper la tensión. Pero su voz sonó forzada. Presentía que algo peligroso estaba a punto de suceder.

William ignoró su comentario y volvió a centrarse en Isabel.

—¿Quieres venir conmigo?

El corazón de Victoria dio un vuelco.

—Sí—dijo Isabel sin titubear.

Los ojos de Victoria se abrieron como platos.

—¡Espera!—intervino rápidamente—. ¿Puedo hablar contigo en privado, por favor?

—No—respondió Isabel con tranquilidad. Se volvió hacia la puerta sin mirar atrás—.Estaré bien. Te llamo luego.

Y siguió caminando.

Victoria sintió un nudo en el estómago.

Observó a William escoltar a Isabel fuera de la biblioteca, sus figuras desapareciendo más allá de la puerta de cristal.

El aire se sintió pesado.

Victoria cerró los ojos un segundo, intentando calmarse.

"¿Qué haré ahora?", pensó.

Algo estaba terriblemente mal.

Capítulo 12

Revelaciones

*E*l vuelo transcurrió en un silencio tenso. Alex tomó uno de sus jets más veloces para llegar a Sikkim y, sin perder tiempo, abordó el helicóptero que lo llevó directo al Templo de Orfeo. La brisa matutina sacudía las banderas de oración cuando aterrizó. Orfeo ya lo esperaba.

—Sigo intentando descifrar la forma de traerte de vuelta desde Capadocia —dijo Orfeo mientras caminaban por los antiguos pasillos del templo—. Ha tomado más tiempo de lo esperado porque el mapa estelar sigue cambiando.

Zagreus frunció el ceño.

—¿Porqué está ocurriendo?

Orfeo se detuvo frente a un panel de pantallas gigantes, donde ondas de colores y secuencias de números fluctuaban sin cesar.

—Presumo que, en preparación para la Gran Guerra, muchos planetas han comenzado a ocultarse.

Zagreus apretó los puños.

—Debemos encontrar una forma más rápida. No tenemos mucho tiempo antes de que la mente de Isabel comience a jugarle trucos otra vez.

—Llegar allí no es el problema. Tenemos las coordenadas. El verdadero desafío es traerte de vuelta sin margen de error. Mira esto. —Orfeo señaló las pantallas, donde el mapa de estrellas mutaba constantemente—. Cada cambio altera la ruta. Los desplazamientos más bruscos ocurren en el Universo Cósmico... lo que me hace pensar que los Administradores están detrás de esto.

—Saben lo que busco —murmuró Zagreus con la mirada afilada.

Orfeo asintió.

—La Gran Guerra ya ha comenzado en otros sectores del Sistema. Cuanto más se intensifica, más difícil será encontrar la ruta correcta. No hablamos solo de cruzar distancias; tendrás que atravesar dimensiones. Y eso podría costarte más de lo que imaginas... en tiempo y en vida.

Zagreus no dudó.

—Llevaré la capa de invisibilidad. Encontraré el modo de volver.

Orfeo suspiró.

—Esa capa funciona en atajos a través de agujeros de gusano dentro del Sistema de Universos. Pero no sabemos si servirá para cruzar dimensiones. Si no funciona, podrías quedar atrapado.

—No hay otra opción.

Orfeo lo miró con seriedad.

—Dame más tiempo. Necesito asegurarlo.

El murmullo del viento llenó el silencio entre ellos. Zagreus sabía que cada segundo contaba, pero también que un error podía condenarlo a una eternidad en el limbo.

—¿Cuánto tiempo más? —Zagreus preguntó, su mirada fija en Orfeo. —Han pasado años.

Orfeo respiró profundamente antes de responder.

—Años en la Tierra, sí. Pero para las memorias y experiencias de Isabel, es posible que hayan pasado solo segundos, donde sea que se encuentren. Para ellos, el tiempo no se mide igual. —Su tono era firme, pero cansado—. Trabajo en esto día y noche, no lo olvides.

Zagreus apartó la mirada, un leve suspiro escapando de sus labios.

—Está bien. Esperemos un poco más —respondió, resignado, pero sin perder la esperanza.

Orfeo lo observó con una mirada comprensiva.

—Te casaste con Isabel. Disfruta el tiempo que pasan juntos, incluso en estos momentos tan oscuros. Sé paciente. Sabes que hago lo mejor que puedo.

Zagreus asintió, pero una sombra de tristeza cruzó su rostro.

—Ella no está bien. —La tristeza en su voz era palpable—. Tiene pesadillas constantemente, menciona nombres y luego los olvida. A veces recuerda cosas que le fueron muy queridas y otras veces... se desvanece. Ha tenido dolores de cabeza intensos. No sé cuánto más su mente pueda soportar esta situación.

Orfeo se acercó, poniendo una mano firme sobre el hombro de Zagreus.

—Encontraremos la forma —dijo con seguridad.

Zagreus lo miró, sus ojos llenos de incertidumbre.

—Confío en ti. —Su voz, aunque tranquila, mostraba la angustia interna que sentía—.Pero no confío en el tiempo.

***

William conducía mientras Isabel miraba a través de la ventana, perdida en sus pensamientos. Sentía una calma profunda al estar con él, disfrutando de su compañía. La M25 los llevó hacia Buckinghamshire, y el sonido suave de la música que sonaba de fondo llenaba el silencio compartido entre ellos.

La salida de la autopista los condujo por una vía más estrecha, una carretera que serpenteaba hacia un pequeño pueblo. Isabel observaba los campos cubiertos de flores y los árboles adornados con hojas de colores que comenzaban a cambiar. Había tiempo que no salía de Londres, y la tranquilidad del paisaje le dio una sensación de paz.

Al final del camino, dos puertas de madera flanqueaban la entrada a un castillo, rodeado de jardines exuberantes y flores de mil colores. William estacionó el coche y ambos salieron.

Isabel respiró profundamente, sintiendo el aire fresco y puro. A medida que caminaban por el jardín, las imágenes fugaces comenzaron a invadir su mente. Veía a un bebé en sus brazos, pero no lograba recordar si era suyo ode otra persona. También aparecían recuerdos de su sonrisa junto a su esposo, pero todo parecía difuso, como un sueño borroso.

William, en silencio, la seguía mientras ella se perdía en esos destellos de memoria. Se detuvieron frente a una gran fuente en el centro del jardín. En ella, dos ángeles se encontraban, uno con alas grandes y el otro con alas más pequeñas y una tiara. El ángel de las alas grandes colocaba su mano sobre la cintura del otro, como si estuvieran a punto de besarse. Isabel observó la escena en silencio, sintiendo una conexión inexplicable.

—Me gusta esta fuente —dijo Isabel, sin apartar la vista de la estatua. Sabía que William estaba detrás de ella, pero en ese momento, todo parecía girar en torno a la belleza del lugar.

—Sé que te gusta —respondió William con una mirada fija en ella.

Isabel lo miró brevemente, sus ojos llenos de incertidumbre.

—Me trajiste aquí para recordar algo que no logro captar, ¿verdad? —preguntó, como si una parte de su alma ya supiera la respuesta.

William permaneció en silencio, pero la conexión entre ellos era palpable, como si las palabras ya no fueran necesarias.

—Sé que te gusta —repitió él, esta vez con una ligera sonrisa en sus labios, sin necesidad de más explicaciones.

"Quería verte" – dijo ella, su voz suave pero firme. "¿No es extraño?" – añadió, esta vez mirándolo directamente a los ojos.

"Quizás"– respondió William mientras se acercaba lentamente, envolviéndola por la cintura con delicadeza. Isabel cerró los ojos al sentir su contacto, y una ola de energía intensa recorrió su cuerpo, tan familiar como abrumadora.

"Estoy casada, William" – dijo en un susurro mientras lo apartaba con suavidad, liberándose de sus manos.

"Lo sé"– respondió él con calma, sin dejar de mirarla. "Y nunca haría nada que destruyera lo que ahora es importante para ti."

"No estoy segura de quién eres realmente... pero algo dentro de mí sabía que necesitaba verte" – dijo ella, retrocediendo un par de pasos, como si buscara aire.

"Sé que me has extrañado, Isabel. Yo también te he extrañado" – confesó él, acercándose otra vez, esta vez con más ternura que deseo.

Con un gesto lento, besó su frente. Sus labios rozaron su piel como una brisa cálida y ella dejó escapar un suspiro. Su cuerpo recordaba lo que su mente aún no podía explicar.

"William…"– murmuró ella, sintiendo ese cosquilleo eléctrico por todo su ser. Recordaba. Él despertaba algo dormido en lo más profundo de su alma.

"Lo sé"– susurró él. "Déjame llevarte de regreso. Tu amiga Victoria debe estar entrando en pánico ahora mismo" – añadió mientras se alejaba con cuidado, respetando su espacio.

"Lo siento…" – dijo ella bajando la mirada.

"¿Porqué lo sientes?" – preguntó él, sin juicio, con dulzura.

"Porque necesitaba verte… y quizás te di la impresión equivocada" – dijo ella, mordiéndose el labio, abrumada por la confusión de sus sentimientos.

William sonrió suavemente. Verla tan vulnerable, con ese gesto adorable de preocupación, solo le confirmaba lo especial que era para él.

"No tienes nada de qué avergonzarte. Querías verme... y yo también lo deseaba" – dijo él. "Pero ahora es hora de irnos."

Isabel se quedó quieta, mirando hacia el castillo. El viento le acariciaba el rostro. Amaba a Alex... lo sabía. Pero algo irracional, poderoso y antiguo la impulsaba a querer besar a William. Era una locura.

Volteó la vista hacia la fuente. Los dos ángeles esculpidos seguían ahí, uno abrazando al otro con ternura, a punto de besarse. Abajo, una inscripción tallada decía: *"Ángeles Sagrados evolucionan como almas gemelas."*

Cerró los ojos, y de nuevo apareció la imagen: un bebé en sus brazos, la emoción era tan real, tan intensa, que le llenó el pecho de calor. El amor... era inmenso.

Respiró hondo. No había respuestas aún, pero sí una certeza: debía volver. Abrió los ojos y caminó lentamente hacia el auto donde William ya la esperaba.

En el camino de regreso, el silencio entre ellos era denso, pero no incómodo. Era como si ambos intentaran procesar lo vivido, escuchando los latidos de sus propios pensamientos.

Al acercarse a Londres, William rompió la quietud con voz suave:

"¿A dónde te gustaría que te lleve?"

"De regreso a la biblioteca, por favor" – respondió ella, mirando por la ventana como si necesitara que todo volviera a su lugar.

Él la condujo hasta allí y aparcó justo frente a la entrada. Por un momento, ninguno de los dos se movió.

"Cuando me necesites nuevamente... solo házmelo saber" – dijo William, girándose para mirarla con intensidad.

"Lo haré"– respondió Isabel, bajando la mirada por un segundo antes de abrir la puerta y salir del auto.

Entró a la biblioteca con pasos lentos y se dirigió a una mesa al fondo, donde la penumbra la envolvía como un refugio. Sentada ahí, rodeada de libros, trató de entender qué acababa de suceder.

No tenía todas las respuestas... pero había algo que ya no podía negar: William era una pieza clave en su historia, y aunque no entendiera por qué, sabía con absoluta certeza que era importante. Inexplicablemente importante.

***

"¿Dónde demonios has estado?" – dijo Victoria apenas Isabel respondió el teléfono."¡Pensé que ibas a escaparte con él y dejarlo todo! Imaginé tantos escenarios, no tienes idea. ¡No sabía qué hacer!" – exclamó, al borde del colapso.

"Lo sé, lo siento muchísimo" – dijo Isabel con un hilo de voz. "No sé qué me pasó."

"¿Dónde estás ahora?" – preguntó Victoria, ansiosa.

"De regreso en la biblioteca" – respondió Isabel.

"Voy para allá. No te muevas ni un centímetro" – ordenó Victoria antes de colgar.

La biblioteca estaba llena de personas hojeando libros, concentradas en su lectura. Isabel levantó la vista justo cuando Victoria entró y le hizo una seña para que la viera. Ella llegó con paso rápido y se dejó caer en la silla frente a su amiga.

"Me estás matando lentamente, ¿lo sabías?" – dijo Victoria, agotada. "He leído que el estrés acorta la vida... pues creo que acabo de perder diez años."

"Lo siento, de verdad" – dijo Isabel bajando la mirada.

"Está bien. Pero, ¿puedes decirme qué fue lo que te pasó? Incluso cuando te pedí que habláramos en privado, te negaste. Estabas decidida a irte con él..."

"Lo estaba" – admitió Isabel. "Es tan extraño... Cuando lo recordé, sentí escalofríos, una necesidad de respirar hondo, como si algo dentro de mí lo anhelara con todas mis fuerzas. Es tan anormal porque... se supone que amo a Alex" – dijo, visiblemente confundida.

Victoria no dijo nada. Solo la abrazó, sabiendo que Isabel necesitaba más contención que respuestas. Su mente intentaba desesperadamente llenar vacíos con fragmentos de recuerdos, y William era una pieza clave... aunque ella aún no lo supiera. Y eso era lo más frustrante para Victoria: no poder contarle la verdad.

"¿Qué sucedió? ¿A dónde fueron?" – preguntó finalmente.

"A un jardín precioso, en Buckinghamshire. Fuimos a un castillo... tenía una fuente con dos ángeles a punto de besarse, pero algo los detenía. Uno de ellos era grande, imponente... el otro más pequeño, con una tiara, como si fuera una princesa. Sentí cosas muy intensas allí. Y lo peor... es que lo deseaba. Lo deseaba profundamente. Quería que me tomara. Es una locura" – dijo Isabel, con el rostro entre las manos.

"Tranquila...¿Qué hiciste? ¿Se besaron?" – preguntó Victoria con cautela.

"No. Me dijo que jamás me haría romper mi compromiso. Me besó en la frente... pero sentí como si ese beso me envolviera entera. Como si me hubiese bañado en amor sin tocarme. Fue tan real, tan poderoso" – dijo Isabel, tomando el brazo de su amiga con fuerza.

"Eso es intenso" – murmuró Victoria. "¿Y ahora qué piensas hacer?"

"Nada. Me pondré a estudiar. Lo veré como un sueño, nada más" – respondió Isabel.

"Sabes que es imposible concentrarse despúes de algo así" – dijo Victoria, rodando los ojos. "Vas a perder tu tiempo... y el mío."

"Me enfocaré" – insistió Isabel.

"Claro, te enfocarás en Alex... y en William" – bromeó Victoria, intentando aliviar el ambiente.

"Necesito distraerme" – dijo Isabel, sin reír.

"Te gusta él" – dijo Victoria, observándola con atención.

"Amo a Alex" – respondió Isabel de inmediato.

"Pero te gusta William" – replicó Victoria con calma.

Isabel no dijo nada. Solo abrió sus libros, intentando sumergirse en las letras como un escape. Su corazón estaba dividido, su mente confundida. Amaba a Alex, lo extrañaba, y sabía que estaba felizmente casada... Pero también sabía

que William había despertado algo que ya no
podía ignorar.

***

Alex regresó después de unos días, y en cuanto Isabel lo vio, sintió como si pudiera respirar de nuevo. Su ausencia la había dejado inquieta, como si algo esencial le faltara. Ahora, al tenerlo frente a ella, el mundo volvía a estar en equilibrio.

"Te extrañé demasiado" – dijo, rodeándolo con sus brazos y apoyando la cabeza en su pecho.

"Yo también, mi amor" – respondió él, besándola en la frente.

Le entregó un regalo con una sonrisa ilusionada: una hermosa bufanda tejida a mano por Eurídice, la esposa de Orfeo. Alex la tomó con sorpresa y la deslizó entre sus dedos, admirando la suavidad y el detalle del tejido.

"Es preciosa, me encanta" – dijo con sinceridad, y sin dudarlo, se la puso de inmediato.

Decidieron pasar el día juntos, recuperando el tiempo perdido. Pasearon por la ciudad, rieron, compartieron historias, y cuando la noche llegó, se sumergieron en una pasión intensa, como si sus cuerpos buscaran asegurarse de que el otro seguía ahí, real y presente.

Entre caricias y susurros, comenzaron a planear sus próximas vacaciones. Quizás Tailandia... Sol, playas infinitas y días sin preocupaciones.

Pero entonces, la voz de Alex se tornó seria.

"Amor... necesitaré viajar nuevamente en unas semanas" – dijo, sosteniéndole la mano. "Esta vez quizás tome más tiempo... en Sikkim."

Isabel sintió un leve nudo en el estómago. Apenas había regresado y ya se iba de nuevo.

"¿En serio? ¿Otra vez?" – preguntó, intentando disimular la punzada de tristeza. "Te extrañaré mucho..."

"Y yo a ti" – respondió él, mirándola con ternura. "Pero es importante que haga este viaje... y necesito que me apoyes."

Isabel respiró hondo. Lo amaba, y lo último que quería era convertirse en un obstáculo en su vida.

"Claro, lo que necesites hacer" – dijo, acariciando su rostro con suavidad. "Solo...vuelve pronto a mí."

Alex le sonrió y la besó con la promesa silenciosa de que siempre regresaría.

Capítulo 13

No queda mucho tiempo

El examen fue largo y agotador. Isabel sintió su mente nublada al finalizar, como si su concentración absoluta durante horas le hubiera drenado toda la energía. Había estudiado durante meses, repasando cada concepto hasta sentirlo parte de ella. Sabía que lo había hecho bien.

Al salir del salón, estiró los brazos y respiró hondo. Sus compañeros la miraban con una mezcla de asombro y admiración. Como siempre, había sido la primera en terminar, y aun así, todos sabían que su puntaje estaría entre los más altos. Su memoria eidética le daba una ventaja indiscutible en el estudio de la medicina; podía recordar con precisión cada palabra de sus libros, cada detalle de las clases, como si las páginas estuvieran grabadas en su mente.

Victoria aún seguía dentro. Isabel decidió esperarla afuera, dejando que el aire fresco disipara el agotamiento. Se unió a un grupo de compañeros que discutían las preguntas del examen.

Pero entonces, algo extraño sucedió.

Un zumbido comenzó a resonar en su cabeza. Al principio, leve, como el eco lejano de una vibración, pero en segundos, se transformó en un estruendo que retumbaba dentro de su cráneo. Sonidos desconocidos, como ondas de choque, reverberaban en sus oídos con una intensidad que la hizo tambalearse.

Su visión se tornó borrosa.

"¿Isabel, estás bien?" – preguntó una compañera con preocupación.

Isabel intentó responder, pero su propia voz le sonó distante, como si no le perteneciera.

"Escucho ruidos... Son muy fuertes. ¿Tú también los oyes?" – susurró, llevándose las manos a la cabeza.

Un dolor agudo, como si algo dentro de su mente estuviera a punto de estallar, la hizo soltar un gemido. Todo giró a su alrededor.

El suelo se acercó de golpe.

Y entonces, todo se volvió oscuridad.

***

"Doctor, ¿cómo está Isabel?" – preguntó Alex, su voz cargada de angustia.

El Dr. Chein, jefe del Departamento de Neurología y profesor en la Escuela de Medicina, se quitó las gafas y suspiró con gravedad. Había sido llamado de urgencia después de que Isabel fuera ingresada en la sala de emergencias, presentando un cuadro de delirio, fuertes dolores de cabeza y afirmaciones de escuchar voces.

"Señor Cavendish, le realizamos varios estudios, incluyendo una tomografía para evaluar qué está ocurriendo en su cerebro. Me temo que no tengo buenas noticias" – dijo con seriedad.

El estómago de Alex se hundió. Su corazón latía con fuerza contra su pecho.

"¿Qué le sucede?" – preguntó, temiendo la respuesta.

El doctor tomó una pausa antes de continuar.

"Su esposa tiene un tumor cerebral. Está ubicado en una zona delicada, inoperable"– explicó con un tono grave. "El tumor está afectando áreas clave, provocando alucinaciones auditivas, dolores intensos y episodios de confusión. Sigue mencionando un lugar llamado 'Gaia'..."

Alex sintió que el suelo bajo sus pies se desmoronaba. Sabía que este momento llegaría, pero no tan pronto. El tiempo se le escapaba entre los dedos. Si no lograba recuperar las memorias y experiencias de Isabel a tiempo, ella se perdería en la oscuridad de su propia mente.

Cuando entró a la habitación, la vio recostada en la cama del hospital. Su rostro estaba pálido, con sombras bajo sus ojos, pero aún tenía esa expresión serena que siempre llevaba en momentos de incertidumbre. Sus padres estaban a su lado, y Alex se acercó, tomando su mano con ternura.

"Amor, estamos aquí contigo" – dijo con suavidad, intentando contener la emoción en su voz. "¿Cómo te sientes?"

"Cansada...muy cansada" – murmuró ella, con los ojos apenas abiertos. "No sé qué sucedió. Y las voces... no paran. Están en mi cabeza todo el tiempo. Me están volviendo loca."

Alex le acarició la mano con ternura, su propia desesperación creciendo.

"Lo sé, mi amor. El doctor dice que necesitas descansar" – dijo con una sonrisa forzada. "Te recuperarás pronto y volveremos a casa."

Pero en su interior, la duda lo devoraba.

¿Y si ya era demasiado tarde?

***

Alex, junto a Adrian y Claire, decidió no decirle a Isabel la verdad sobre su diagnóstico. Sabían que su mente estaba protegiéndola al bloquear ciertas memorias y experiencias, y revelar la enfermedad solo la llenaría de miedo e incertidumbre. Alex confiaba en que pronto estaría sana, tan pronto él lograra llegar a Capadocia.

Reunió a Claire y Adrian en privado y les explicó su plan. Necesitaba partir de inmediato y los riesgos eran altos. No sabía cuánto tiempo le tomaría regresar, pero Isabel los necesitaría más que nunca en su ausencia.

Cuando regresó a la habitación, Claire y Adrian le dieron espacio para despedirse.

"¿Todo está bien?" – preguntó Isabel con el ceño fruncido.

"¿Porqué lo preguntas, amor?" – respondió Alex, intentando sonreír.

"Porque te conozco. Tienes esa mirada... Estás triste." – Isabel se incorporó lentamente en la cama. "¿Hay algo que debería saber?"

Alex tomó su mano con delicadeza.

"Estoy triste porque debo irme. Es el viaje que te mencioné antes, pero ahora que estás aquí, en el hospital, me resulta aún más difícil dejarte. No puedo posponerlo."

Isabel suspiró, acariciando su mano.

"Está bien. Ya me habías hablado del viaje, y estaré bien. Mis padres están aquí, y el Dr. Chein quiere hacerme más exámenes antes de darme el alta."

Alex la miró con una mezcla de amor y desesperación. Sabía que esta sería la última vez que la vería así, con su cuerpo cálido y su mirada dulce. No estaba seguro de si alguna vez podría regresar a ella.

"Te extrañaré terriblemente" – susurró, con lágrimas deslizándose por su rostro. "Quiero que sepas que siempre haré todo lo posible por verte feliz y sana. Daría mi vida por ti, porque eres el amor de mi vida."

Isabel lo abrazó con fuerza, sintiendo los latidos acelerados de su corazón contra su pecho. Un escalofrío le recorrió la espalda. Algo no estaba bien.

Alex besó sus labios con la intensidad de una despedida que no se atrevía a nombrar. Luego, sin decir más, se marchó.

***

De regreso en casa, Alex escribió una carta para Isabel. Sabía que cuando ella recuperara sus memorias y experiencias, entendería cada instrucción en su interior. No podía correr el riesgo de explicarlo en persona.

Colocó dentro del sobre el compás, un artefacto que podía localizar cualquier cosa en el sistema con suficiente energía proveniente de Zeus. Orfeo lo había programado para encontrar a Zagreus, pero su activación dependía de una tormenta eléctrica, una ira desatada de Zeus en busca de venganza. Cuando la tormenta rugiera y la estrella del Norte brillara en el cielo, Makala podría seguirlas coordenadas reveladas y encontrar a Zagreus.

Alex selló la carta con un símbolo circular, donde dos líneas perpendiculares se cruzaban en el centro. El mismo símbolo estaba grabado en el compás. Lo dejó sobre su escritorio, con un solo destinatario:

Isabel Cavendish.

Luego, sin mirar atrás, partió hacia Capadocia.

***

"¿Phillip, el jet está listo?" – preguntó Alex con urgencia.

"Sí, todo listo. Vas a pilotearlo solo, y los contenidos que pediste están dentro."

Alex asintió, revisando mentalmente cada detalle.

"Bien."

Phillip lo observó con seriedad.

"Buen viaje. Espero que regreses pronto."

Alex sostuvo su mirada.

"Gracias. Cuida de Isabel mientras no estoy."

"No tienes que pedírmelo. Lo haré."

Sin decir más, Alex abordó el jet y comenzó el protocolo de despegue. Sabía exactamente a dónde iba y que valía la pena el riesgo. Orfeo había equipado el jet con un sistema avanzado que trabajaba con la capa de invisibilidad, permitiéndole viajar sin ser detectado. Las coordenadas se sincronizarían con la aceleración, activando el sistema y asegurando su llegada a Capadocia.

El jet despegó con un rugido, cortando la noche como una sombra veloz. Mientras ascendía, Alex miró por la ventana. Bajo él, la ciudad se extendía iluminada, la ciudad que le había dado la oportunidad de amar a Isabel una vez más.

Pronto, desaparecería en algún punto entre el cielo y las montañas del Himalaya.

No había vuelta atrás.

***

"Isabel, ¿cómo te sientes?" – preguntó el Doctor Chein, su voz llena de preocupación.

Isabel abrió sus hermosos ojos ámbar y miró al doctor con serenidad.

"Estoy perfectamente bien" – respondió Isabel, su rostro resplandeciente y su piel brillante, como si un halo de luz la envolviera. "¿Le importaría hacerme otra tomografía ahora?" – preguntó, con una calma decidida en su voz.

El Doctor Chein dudó por un momento, mirando las evaluaciones previas.

"Hemos realizado varios exámenes y no estoy seguro de si tu familia te ha informado..."– comenzó a decir, pero Isabel lo interrumpió suavemente.

"Lo sé. Mis padres y Alex me ocultaron la información sobre el tumor. Pero ahora necesito confirmar algo por mí misma. Por favor, hagan otra tomografía y esta vez quiero que estés allí presente" – dijo con firmeza.

"Está bien" – dijo él, un tanto sorprendido por su determinación, "lo programaré para hacerlo en una hora."

Una hora más tarde, Isabel estaba siendo sometida a la tomografía. El Doctor Chein observó los resultados con incredulidad. No podía creer lo que veía. El tumor había desaparecido por completo. No estaba allí.

"Isabel,¿qué esperabas confirmar con este examen?" – preguntó, casi incrédulo, luego de darle la noticia.

"Exactamente lo que has encontrado" – respondió Isabel, con una sonrisa tranquila. "La completa ausencia de ese tumor."

El doctor la miró, sorprendido, pero Isabel continuó.

"La mente humana tiene formas de sanar que a veces ni nosotros entendemos. Cuando nos convencemos de estar enfermos, lo estamos. Pero si sabemos que estamos saludables, también lo estamos. Sabía que mi cuerpo estaba bien, y ahora mi mente ha completado el rompecabezas."

"El rompecabezas?" – preguntó el Doctor Chein, intrigado.

"Sí" –respondió Isabel, su mirada profunda, como si ya hubiera alcanzado una verdad oculta. "Tenía un enorme rompecabezas con piezas perdidas que ahora están completas."

Capítulo 14

El rastreador

La noticia de la desaparición del multimillonario Alex Cavendish estaba en todos los medios. A pesar de los esfuerzos en la búsqueda y la misión de rescate, no se había encontrado rastro alguno. El jet desapareció del radar pocas horas después de sobrevolar las montañas del Himalaya. La información fue confirmada por el control de tráfico aéreo de la India.

Isabel estaba sentada en el sofá de su casa, con la mirada fija en la pantalla del televisor. Había sido dada de alta del hospital bajo observación semanal. Sus padres y Victoria la acompañaban en silencio, todos atentos a las noticias. Su esposo se había ido... y ella sabía que no regresaría por un tiempo. Sabía exactamente a dónde había ido, y por qué.

"Recuerdo todo" - dijo Isabel de pronto, rompiendo el silencio, sin apartar la mirada del televisor. "Sé quién soy, cuál es mi misión en la Tierra... y que la Gran Guerra se acerca."

Sus palabras cayeron como una piedra en el agua. Todos la miraron, sin decir nada.

"También sé que me ocultaron información para protegerme. Y estoy agradecida por eso" -añadió, levantando la vista para mirarlos uno a uno.

"Cariño, ¿te sientes bien con todo esto?" – preguntó Claire con cautela.

"Soy invencible, mamá. Y encontraré a Zagreus" - dijo Isabel con convicción, mientras sostenía un sobre que había encontrado al llegar a casa. Dentro, había un compás.

"Pero ahora tengo algo pendiente" - añadió, mientras se ponía de pie y caminaba hacia la puerta. Victoria se apresuró a seguirla.

Claire y Adrian intercambiaron una mirada cargada de preocupación y salieron detrás de ellas, pero cuando llegaron a la entrada, Isabel ya se había ido. El coche atravesaba las puertas de la propiedad.

"¿A dónde vamos?" – preguntó Victoria desde el asiento del pasajero.

"A encontrar un Rastreador" - respondió Isabel, acelerando.

"¿No son esas cosas horribles que han estado espiando a todos?" – preguntó Victoria, con el ceño fruncido.

"Sí. Y por eso mismo voy a encontrar a uno" - dijo Isabel, con los ojos encendidos y las manos firmes sobre el volante.

***

Estacionaron el auto frente a la casa de los padres de Isabel y entraron por la puerta principal sin dudar.

Kani estaba en el centro de la sala, esperándolas.

"Sabías que vendría" - dijo Isabel, caminando directamente hacia ella. "¿Pensaste que no lo sabría? ¿Que no podría recuperar mis poderes?"

"Ese era el plan" - respondió Kani con seriedad. "Hiciste tratos con el demonio."

Isabel no vaciló. Se acercó a ella y, con una fuerza descomunal, la sujetó por el cuello, levantándola del suelo. Kani quedó suspendida en el aire. Victoria observaba con los ojos abiertos de par en par, sin poder creer lo que veía. Isabel, de complexión más pequeña, sostenía sin esfuerzo a la imponente mujer.

Claire y Adrian entraron en ese instante. Se detuvieron en seco al ver la escena. Los ojos de Kani eran completamente negros. Parecía una criatura poseída.

"Vas aperder la guerra, Makala" - escupió Kani, con la voz transformada. "Te he observado toda tu vida. Eres débil."

"Lo era. Pero ya no" - respondió Isabel con frialdad. "Mírame bien. Mira el poder del Sistema a través de mis ojos. No tengo miedo. Y tú vas a perder."

"La vida de Kani... pagarás por lo que le hiciste" - añadió, apretando un poco más.

Kani, jadeando, sonrió con desprecio. "¿No tienes curiosidad por saber por qué posees ese poder?"

"No me interesa nada de lo que tengas que decir."

"Después de lo que hiciste con Chronus, no volverás a reencarnar. Estás atrapada. ¡Atrapada!" - gritó Kani. "Gracias a tu amor por Zagreus..."

Isabella miró sin pestañear.

"Pero él va a morir. Ya cruzó al lado oscuro. No lo volverás a ver jamás."

Las palabras se clavaban como cuchillos. Pero Isabel no se quebraba.

"Crees que estás protegida... por quien es tu madre" - dijo Kani, girando su mirada hacia Claire.

"Esto no tiene nada que ver con mi mamá" -replicó Isabel sin soltarla.

"Todo tiene que ver con ella" - susurró Kani, con voz rota. "¡Pregúntale! ¡Pregúntale sobre tus orígenes!"

"Ya te dije que no me importa lo que digas. Eres un Rastreador... y los odio a todos."

Kani comenzó a reír con dificultad.

"Él vendrá por ti. Y no podrás detenerlo."

"¿Quién viene?" - preguntó Isabel, apretando más fuerte.

"Él destruirá todo por lo que vas a luchar... especialmente a tu querido ángel William."

La sonrisa torcida de Kani fue lo último que mostró antes de que Isabel la dejara caer al suelo.

Con la mirada fija en Kani, Isabel comenzó a destruirla desde adentro, derritiéndola lentamente mientras aún la sostenía por el cuello. Su determinación era inquebrantable.

Adrian, Claire y Victoria permanecían inmóviles, paralizados ante la escena. El cuerpo del Rastreador, poseyendo el cuerpo de Kani, luchaba contra el poder que lo desintegraba, pero no podía resistir. Con un último estremecimiento, Kani desapareció en el aire.

Isabel bajó la mano con calma y se volvió hacia ellos.

"¿Estás bien?" —preguntó Adrian, aún en shock.

"Kani estuvo poseída por un Rastreador" -explicó Isabel con la voz firme. "Vivió conmigo durante años. Me mantuvo cautiva, atrapada en una versión limitada de mí misma, sin acceso a mis recuerdos ni poderes. Mi Despertar debía haber ocurrido mucho antes, pero ella lo retrasó. Vi el odio en sus ojos. Vi sus planes. Están decididos a destruirnos antes de que comience la Gran Guerra."

Adrian se acercó y la abrazó con fuerza. "No sabíamos nada de esto, cariño..."

"Lo sé, papá" - respondió Isabel, devolviéndole el abrazo.

Victoria aún miraba el lugar donde Kani había desaparecido. "Parecía... un demonio. ¿Los Rastreadores son demonios?"

"Son peores" - dijo Isabel sin dudar. "Se alimentan de la esperanza de los seres. Se nutren del miedo. Vigilan cada rincón del Universo Cósmico y buscan a los más vulnerables para convertirlos en instrumentos del mal. ¿Por qué crees que hay tantos seres inhumanos y crueles últimamente? Porque los Rastreadores están ganando terreno. Están desplazando a los Ángeles."

"Eso es horrible..." murmuró Victoria.

Isabel soltó una leve sonrisa y exhaló profundamente.

"¿Qué es tan gracioso?" —preguntó Victoria, desconcertada.

"Nunca había matado a uno antes" - dijo Isabel, sin perder la calma. "Son tan poderosos que ni siquiera los dioses convencionales pueden eliminarlos. Pero yo ya no soy una Diosa convencional. Soy algo más... mucho más."

Claire, que no había dicho palabra hasta ahora, dio un paso al frente. "¿Y qué pasó con Chronus?"

"Me dio parte de sus poderes y me enseñó muchas cosas sobre el Sistema" - dijo Isabel con la mirada fija. "Me reveló que llevo sangre angelical en las venas... y que tengo la capacidad de enfrentar seres poderosos, aunque antes no lo sabía."

Hizo una pausa, su voz se volvió más baja. "Puedo leer la conciencia de los seres oscuros, entender sus deseos... su propósito. Pero todo lo que sé ahora me atormenta. Necesito investigar más."

Miró a sus padres y a Victoria. "Tenemos que ir a Sikkim."

Claire, Adrian y Victoria intercambiaron una mirada silenciosa. Isabel se quedó quieta, como si escuchara algo lejano... algo más allá de las paredes.

***

Dos días después, Isabel, Claire, Adrian y Victoria viajaban rumbo a Sikkim. Victoria ya sabía toda la verdad, y era importante que conociera el Templo de Orfeo.

Orfeo había sido informado del regreso de Isabel y la recuperación de sus memorias. Él y Eurídice esperaban con alegría.

"¡Estás de vuelta!" —exclamó Orfeo emocionado, abrazando a Isabel en cuanto bajó del helicóptero—. "No tienes idea de lo feliz que me hace tenerte de regreso y a salvo."

Luego miró a Victoria con una sonrisa. "Y esta hermosa señorita debe ser tu amiga Victoria."

Victoria se quedó sorprendida por lo alto, joven y magnético que era. Había algo sobrehumano en él.

"Un placer conocerlo, señor Orfeo" - dijo ella con respeto.

"Oh, no por favor, llámame Orfeo, está bien" - respondió él amablemente. Luego señaló a su esposa. "Ella es Eurídice, mi esposa."

"Adrian, Claire, ¿cómo están? Me imagino que ha sido una tormenta..." añadió mientras los abrazaba.

"Ya sabes... lo habitual" - dijo Adrian con media sonrisa. "Peleando con dioses temperamentales, ángeles ocupados, y oh, un Rastreador viviendo en nuestra casa. Nada fuera de lo normal."

"¿Un Rastreador?" —preguntó Orfeo con el ceño fruncido, alarmado—. "Lo sabía... sentía una presencia cercana. ¿Cómo pudieron tener uno en casa? ¿Están bien? ¿Les hizo daño?" —preguntó mirando a Isabel con preocupación.

"Isabel lo mató" - respondió Victoria con admiración en la voz.

Orfeo se quedó en silencio. Sabía bien que los dioses no tenían el poder suficiente para eliminar a un Rastreador. Esos seres estaban hechos de miedo, y eso los volvía casi invencibles. Incluso atraparlos era una hazaña. Chronus había logrado destruir uno una vez, y casi no lo cuenta. La leyenda decía que los Rastreadores habían sido creados por el mismo Fundador, con el propósito de poner a prueba la bondad y fortaleza de los seres... y que solo los Ángeles podían acabar con ellos.

"Eso es imposible. ¿Cómo lo hiciste?" —preguntó Orfeo, sin disimular su asombro.

"Lo vimos todo. Lo mató con sus propias manos" - respondió Victoria.

"¿Tú estabas allí? ¿Lo viste?" —insistió Orfeo, cada vez más intrigado.

"Todos lo estábamos" - dijo Claire. "Prácticamente lo derritió."

"¿Y cómo es que el Rastreador no los hirió? Suelen matar apenas quedan expuestos..."—preguntó Orfeo, mirando a cada uno con inquietud.

"Isabel lo sostuvo con sus propias manos" - explicó Adrian. "Podías verlo... lo controlaba. Y lo mató usando sus ojos. Esto no es algo que puedas explicar con lógica."

Orfeo dio un paso hacia Isabel, examinando sus manos con detenimiento.

"Espera un momento... Makala, encontraste al Rastreador, lo inmovilizaste y lo destruiste tú sola... ¿y no tienes ni un rasguño?"

"Estoy bien. Y por favor, ya deja de fingir que no sabías que soy sagrada" - dijo Isabel, mirándolo fijamente. "Zagreus te lo dijo."

"¿Lo recuerdas todo? ¿Incluso cosas que pasaron cuando no estabas aquí? ¿Cómo sabes que él me lo dijo?" —preguntó Orfeo, sorprendido.

"Sé muchas cosas" - respondió ella con calma.

Orfeo la miró en silencio. "Ya veo..."

"De ahora en adelante, no más secretos. Necesitamos estar en la misma página si queremos recuperar a Zagreus y prepararnos para la Gran Guerra" - dijo Isabel, mirando a todos con firmeza.

"Tienes razón. Lo entiendo" - asintió Orfeo.

"Sabía que volverías" - dijo Eurídice, acercándose. "Orfeo trabajó incansablemente junto a Zagreus para recuperarte. Lo que decidimos ocultar fue solo para protegerte."

"Lo sé. Y les agradezco de corazón" -respondió Isabel abrazándola con fuerza.

"Pero te ves diferente" - dijo Eurídice, observándola con atención. "Has cambiado."

"¿A qué te refieres?" —preguntó Isabel.

"Siento una fuerza muy poderosa dentro de ti ahora" - respondió Eurídice.

"Es porque Chronus me dio parte de su poder. Quiere que luche en la Guerra Mental de la Gran Guerra... y que la gane" - explicó Isabel.

"¿Te pidió eso?" —intervino Orfeo, con un tono más serio.

"Sí. También quiere que forme Alianzas y reúna a más seres dispuestos a pelear a nuestro lado" - dijo Isabel.

"¿Todo este tiempo Chronus te tuvo con él solo para pedir tu ayuda?" —preguntó Orfeo, aún incrédulo.

"Para ustedes han pasado años, pero para mí fueron apenas instantes" - explicó Isabel. "Él me entrenó. Me enseñó lo que vendrá en la Gran Guerra. Aprendí a crear puentes entre dimensiones... puedo traer mi propio ejército desde Gaia" - añadió. "No me envió de vuelta antes porque seguía enseñándome, pero desperté repentinamente en mi cuerpo aquí en la Tierra. Supuse que fue Zagreus quien me trajo de regreso."

"Entonces Chronus no te hizo daño... solo necesitaba tu ayuda" - dijo Eurídice, asintiendo con comprensión.

"Exactamente. Pero Zagreus no regresó conmigo. Eso me preocupa, porque estoy segura de que no está con Chronus" - dijo Isabel, mirando a los ojos de Eurídice.

"Zagreus sabía que corría un gran riesgo al viajar sin haber completado las coordenadas de retorno" - explicó Orfeo.

Isabel lo miró, confundida. "¿A qué te refieres?"

"Necesitaba más tiempo para descifrarlas, pero cuando te enfermaste, Zagreus se desesperó. No quiso esperar más. No me sorprende que se haya perdido" - dijo Orfeo con un suspiro.

"Debe haber estado muy preocupado" -murmuró Isabel.

"Estaba fuera de sí al verte tan mal" - confirmó Eurídice, con una mirada nostálgica. "¿Y eso que mencionaste sobre las reencarnaciones?" —preguntó, cambiando de tema.

"Chronus me dijo que no volveré a reencarnar. Que este será mi cuerpo para el resto de mi existencia. Permaneceré como Isabel" - dijo ella. "Aparentemente, hay algo en mi pasado que determina eso... pero no me reveló cuál es la razón."

"¿Tienes alguna idea de cómo encontrar a Zagreus?" —preguntó Orfeo, con preocupación en el rostro.

"Debe estar en algún lugar fuera de nuestro alcance... Pero intentaré comunicarme con Chronus, tal vez él sepa algo"- respondió Isabel.

"Tenemos que encontrarlo" - insistió Orfeo. "Estas desapariciones me tienen muy intrigado."

"Asumo que Sikh tampoco ha aparecido" -dijo Isabel, con el ceño fruncido.

"Ni Sikh ni mi equipo. Todos desaparecieron sin dejar rastro" - confirmó Orfeo, apretando los labios.

"Los encontraremos" - dijo Isabel con determinación, colocando una mano sobre el hombro de Orfeo.

Eurídice se acercó entonces a Isabel y la miró con dulzura.

"¿Cómo te sientes con todo esto?" —preguntó, mirándola directo a los ojos.

"Necesito mantenerme fuerte" - respondió Isabel. Luego bajó la mirada y añadió con un hilo de voz: "Pero lo necesito tanto..." Refiriéndose claramente a Zagreus.

"Lo vamos a encontrar, ya lo verás" - dijo Eurídice, tomándole las manos con cariño.

Entonces Isabel giró hacia su madre y preguntó de forma repentina:

"Mamá... ¿cuándo despertaste? ¿Cuándo supiste quién eras realmente?"

Claire, que se había mantenido en silencio en un rincón, se sorprendió por la pregunta. Todos giraron a mirarla.

"Hace unos días" - respondió, con un leve temblor en la voz.

Adrian se acercó de inmediato, confundido.

"¿A qué te refieres, cariño?"

Isabel intervino antes que Claire pudiera responder:

"Mamá es la reencarnación de Hera... descendiente de Rhea, esposa de Chronus. Y su linaje viene de Titania, la Gran Diosa Sagrada que estuvo con el Ángel Miguel. Eso significa que mamá desciende directamente del Ángel Miguel."

Todos se quedaron en silencio. Orfeo parecía en shock. Sabía quién era Hera... pero tenerla justo frente a él, como la madre de Isabel, era algo que jamás habría imaginado. Recordó de inmediato una antigua conversación con Zagreus.

"¿Cariño, lo sabías y no me dijiste nada?" —preguntó Adrian, visiblemente desconcertado.

"Así como tú sabías sobre mi enfermedad... y tampoco me dijiste" - respondió Claire con calma.

"Lo hice para protegerte" - murmuró Adrian, bajando la mirada.

"Yo también lo hice por amor" - dijo Claire con serenidad.

"Entonces... ¿eso significa que no te enfermarás si tienes esos poderes?" —preguntó Adrian, con esperanza en la voz.

"Me temo que al haber escogido un cuerpo mortal, tengo las mismas ventajas y desventajas que me atan a esta dimensión física. Aparentemente, fue mi elección. Con Isabel es diferente: Chronus le otorgó poderes que protegen su cuerpo físico, que ahora es inmortal" - explicó Claire con suavidad. "Me temo que las leyes de la naturaleza son inescapables" - añadió, esbozando una sonrisa tranquila.

"Pero podrías hacer algo al respecto" - insistió Adrian. "Podrías hablar con Chronus...o con el mismo Ángel Miguel."

"Sabes que no lo haré" - respondió Claire con firmeza.

"Cariño... te voy a perder" - dijo Adrian, y su voz se quebró mientras el dolor asomaba en su rostro.

"Todo estará bien. No te preocupes" - susurró Claire, acariciándole la mejilla con ternura. "Además, mi propósito en la Tierra era concebir a nuestra hija y ayudarla con su misión. He estado oculta por mucho tiempo... ya era hora de recordar quién soy y cumplir con lo que vine a hacer."

Todos en la habitación guardaron silencio. Sabían lo difícil que era para Claire y Adrian enfrentar esta realidad, por el profundo amor que los unía. Con respeto y discreción, decidieron salir de la habitación, dándoles privacidad. Después de todo lo vivido, merecían ese momento a solas... para abrazar su dolor y prepararse para los duros retos que se avecinaban.

***

Más tarde, Orfeo encontró a Claire sentada en el balcón, observando en silencio las montañas. Se acercó despacio y se sentó en una silla a su lado. Pasaron unos segundos sin hablar, dejando que el aire fresco llenara el espacio entre ellos, hasta que Orfeo rompió el silencio:

—Me imagino que le dirás toda la verdad a Isabel.

Claire seguía contemplando el horizonte, como si las montañas pudieran absorber sus pensamientos. Respiró hondo y, tras una pausa, respondió:

—Hace tiempo decidí olvidar mis orígenes, vivir mis ciclos junto a mi alma gemela y encontrar algo de felicidad... hasta que tuve mi Despertar hace unos días. Todo cambió entonces —dijo con voz serena—. El Fundador me dio el regalo más grande: tener a mi hija, verla crecer, abrazarla. Algo que Hades nunca me permitió.

—Debe haber sido muy duro dejarla —murmuró Orfeo.

—No tuve opción si quería que tuviera una vida —respondió Claire con tristeza—. Después del período de la Exclusión y el odio hacia los seres Sagrados, mi existencia se volvió una amenaza para ella. No supe que era realmente mi hija hasta que desperté... pero créeme, cada momento a su lado, cada segundo de su existencia, ha sido un gozo que ni Hades pudo quitarme. Él algún día pagará por lo que hizo.

—No puede saber que estás aquí ahora —advirtió Orfeo.

—Sería demasiado peligroso para Isabel —asintió Claire.

—Estoy seguro de que ella entenderá si se lo cuentas —dijo él con convicción.

—Lo sé—respondió Claire, esta vez mirando al horizonte con determinación.

—¿Cuál fue el verdadero motivo por el que Hades te separó de ella? Pudo haberte protegido durante la Exclusión con su poder —preguntó Orfeo, intrigado.

Claire guardó silencio unos instantes y luego suspiró profundamente antes de hablar:

—El día que Makala nació... cantaron los Cielos Celestiales. Es un evento que solo ocurre cuando un Ángel Celestial es concebido o llega al Sistema —comenzó, ahora con voz más firme—. Hades siempre estuvo obsesionado con lo sagrado, odiaba a Gabriel con todo su ser. No quería Sagrados en Gaia. Pero cuando Makala nació...no pudo evitar lo evidente.

Claire se giró hacia Orfeo, sus ojos brillaban por una mezcla de dolor y resolución.

—Él no sabía que yo era la única Sagrada de la descendencia de Rhea. Chronus sí lo sabía, pero nunca lo reveló. Todos crecimos creyendo que éramos dioses puros, hijos de Rhea y Chronus. Hasta que descubrieron que Titania concibió a Rhea con el Ángel Miguel. Ese secreto causó una grieta enorme. Zeus lo odió, pero Hades...Hades no descansó hasta asegurarse de que ninguno de nosotros fuera Sagrado.

Se detuvo un momento, conteniendo la emoción, y continuó:

—Sé que me amó... hasta que Makala nació. El día en que los cielos cantaron, él lo entendió todo... y envió a sus Fuerzas Oscuras para matarme. Yo ya lo presentía. Le confié a Makala a Chronus, quien me juró protegerla. Pero tras la caída de su reinado, Hades la encontró y la reclamó como suya. La entrenó como una de sus guerreras, le arrebató sus recuerdos y la obligó a olvidar quién era...incluso a mí. Yo desaparecí... para protegerla.

—Esto es tan triste —dijo Orfeo con la voz baja, casi como un suspiro.

—Vine al Universo Cósmico y conocí a Adrian... un alma pura, llena de luz. Él me mostró lo que era el amor verdadero —dijo Claire con una leve sonrisa melancólica—. Decidimos quedarnos juntos, vivir esa dicha... pero nunca tuvimos hijos hasta que Makala me escogió para ser su madre. No sabía nada de mi pasado hasta el día de mi Despertar.

Se detuvo por un momento, como si su mente viajara por todas las vidas que había vivido, por todo lo que había perdido... y ganado.

—Sé que mi cuerpo físico sigue deteriorándose... es el precio del conocimiento que ahora llevo dentro. Pero no tengo miedo a mi transición, siempre que Isabel esté a salvo. Siempre que ella sea feliz —dijo con serenidad.

Detrás de ellos, en silencio, Isabel había llegado con una taza de té en la mano. Había salido a buscar a su madre, y la había encontrado justo en ese instante, hablando con Orfeo. Escuchó todo desde el umbral del balcón, sin interrumpir.

—Mamá—dijo suavemente.

Claire se giró al escucharla, y sus ojos se encontraron.

—Hay mucho que conversar —dijo Claire, con la voz dulce, pero llena de profundidad.

Orfeo se levantó sin decir una palabra, entendiendo que ese era su momento. Las dejó solas, con el murmullo del viento entre las montañas como único testigo de la historia que aún quedaba por contar.

Capítulo 15

Alianzas

Isabel entró en el estudio de Orfeo y lo encontró sentado frente a varias pantallas, absorto en sus análisis. Se acercó en silencio, se sentó sobre el borde del escritorio y lo miró con una sonrisa suave.

—Sabes que trabajas demasiado —dijo con ternura—. Y siempre estaré agradecida por lo que haces por nosotros.

Orfeo levantó la vista, sorprendido por su presencia pero feliz de verla allí.

—Lo sé. Y créeme... si no fuese por ti y por Zagreus, yo no estaría vivo ahora —respondió con sinceridad.

—Lo vamos a encontrar —afirmó Isabel con determinación.

Orfeo la miró más de cerca, notando un nuevo brillo en sus ojos, una mezcla de fuerza y nostalgia.

—¿Estás bien? —preguntó con preocupación, sabiendo que había tenido una conversación importante sobre su pasado y el despertar de su madre.

—Sí—respondió ella con calma—. Me contó toda la historia... y estoy agradecida. Al fin entiendo muchas cosas.

—Estarás bien. No hay nada que no puedas manejar —dijo él mientras se acercaba para abrazarla.

Isabel se dejó envolver por ese gesto cálido y fuerte. Sintió que lo necesitaba más de lo que pensaba.

—Siento mucho todo esto —dijo en voz baja—. Sikh desaparecido, tú en medio de todo esto... y sin saber dónde está Zagreus.

—No es tu culpa —respondió él con firmeza, como si quisiera liberar cualquier peso que ella cargara.

Hubo una larga pausa entre los dos. La quietud en la habitación parecía contener todo lo que no se decía en palabras.

—¿Cómo estás manejando todo tu poder ahora? —preguntó Orfeo con suavidad.

—Sigo adaptándome —admitió ella—. Pero Chronus me enseñó a controlar mi energía. Aún hay cosas que me cuestan un poco, pero estoy aprendiendo cada día.

Hizo una breve pausa y luego añadió, con una mezcla de aceptación y asombro:

—Después de todo... estaré en este cuerpo eternamente.

***

Isabel caminaba por el pasillo en dirección a su habitación cuando, al doblar una esquina, se detuvo en seco al ver a Victoria coqueteando descaradamente con uno de los guapos guardias.

—Victoria, voy a descansar. ¿Vienes? —dijo Isabel, con una ceja levantada.

—Sí, déjame ir contigo. Tengo que preguntarte unas cosas —respondió Victoria, lanzándole una última sonrisa coqueta al guardia—. Te veo luego —le dijo, y el guardia pareció flotar en el aire.

Isabel la miró de reojo mientras caminaban juntas.

—Ya veo que no pierdes el tiempo. ¿Qué pasó con Harold?

—Por favor... Harold y yo no somos exclusivos. Además, tengo derecho a coquetear—respondió Victoria con total desparpajo.

—Está bien, pero ¿con los guardias? Los vas a distraer.

—¿Y porqué no? Son fuertes, guapos... y tienen información que podríamos necesitar —dijo con una sonrisa pícara.

Isabel se detuvo un momento.

—¿Qué tipo de información?

Victoria bajó un poco la voz, con mirada conspirativa.

—Información como que Orfeo se unió a las Fuerzas Angelicales... con tu amigo William. Están organizando algo llamado la *Alianza* para la Gran Guerra.

Isabel se giró por completo, con los ojos bien abiertos.

—¿¡Qué hizo qué!? —exclamó—. Él sabe las intenciones de William con su purga de humanos... ¿Cómo es esto posible sin mi consentimiento?

—No puedes decirle que sabes —dijo Victoria rápidamente—. Si lo haces, sabrá que fue uno de sus guardias y me quedaré sin acceso a más información.

Isabel respiró profundo, conteniendo la rabia.

—Tengo una mejor idea —dijo en voz baja, con determinación en la mirada—. Buscaré a William.

Victoria rodó los ojos, resignada.

—Oh...problemas.

***

Isabel salió de la habitación y subió las escaleras en silencio, atravesando el corredor que conducía al patio ceremonial, aquel lugar sagrado donde una vez se llevó a cabo el ritual del Sueño Dorado. Era un espacio de calma solemne, donde solo se oía el murmullo del viento y el fluir del agua en la fuente ancestral.

Caminó hacia el borde del abismo. Las montañas al frente se alzaban majestuosas bajo la luz plateada de una luna llena. El sonido del agua corriendo era hipnótico, casi terapéutico. Isabel respiró profundo. Necesitaba calmar su mente antes de enfrentar lo que estaba por venir.

De pronto, sintió una presencia detrás.

Se volteó, y allí estaba él.

William.

—Te iba a llamar —dijo ella, firme.

—Lo sé. Pero vine antes —respondió él, dando un paso hacia ella—. A veces es agradable verte cuando lo deseo. —Su voz era sedosa, envolvente—. Me agrada verte de regreso, con tus memorias, tu poder, tu esencia sagrada. Eres tú otra vez.

Él se acercó con lentitud felina, y esa energía imponente que siempre la desarmaba volvió a envolverla. Era como si algo más allá de su voluntad la atrajera hacia él, algo primordial, innegable. Isabel retrocedió sin pensar, hasta que sus piernas tocaron el borde de la fuente. Ya no tenía a dónde ir.

—Sigues evitándome —dijo William con una sonrisa ladeada, sus ojos brillando de deseo.

—Estoy casada —dijo ella, firme pero con voz temblorosa.

William suspiró y retrocedió un par de pasos. Su rostro se tornó serio de inmediato.

—¿Cuál es el motivo por el que ibas a llamarme?

—¿Hiciste alianzas para la Gran Guerra? —preguntó ella.

—Sí —respondió él sin dudar.

—¿Con quién?

—Con Orfeo.

Isabel apretó la mandíbula, incrédula.

—¿Porqué hizo eso? Él sabe perfectamente que no estoy de acuerdo con tus condiciones.

—Le expliqué el plan... y algunos eventos futuros —dijo William con tono tranquilo.

—¿Qué eventos futuros? ¿Tu idea absurda de eliminar a más de la mitad de la población de la Tierra? —preguntó Isabel con los ojos encendidos.

—No pienso hacerlo de esa forma —replicó él, su mirada fija en la de ella.

—Dijiste que querías la Tierra porque necesitaba una limpieza —insistió Isabel.

—Muchos seres morirán en la Gran Guerra de todos modos, lo sabes bien —dijo él con voz grave—. Por eso necesitamos aliados: para reducir esas pérdidas. Pero sí... los que tengan el alma impura serán purgados.

El silencio se hizo denso entre ambos, como si el viento se hubiera detenido.

—Tu padre quiere hacer las cosas a su manera —dijo William con voz grave—. Siempre ha estado a favor de eliminar a los seres malvados.

—Sabes que la maldad ha estado reinando sobre la bondad —añadió tras una pausa—. Kenun se está haciendo más fuerte cada día. Esa es la verdadera amenaza. Por eso tantos se han dividido en distintos bandos. Y no olvides que tu querida familia Gaiana ha estado planeando conquistar más de lo que deberían. La situación se ha salido de control, Isabel. Es tiempo de un cambio.

—No quiero que seres inocentes mueran —dijo ella con firmeza.

—Es imposible evitarlo. Cada quien ha elegido su bando, y morirán por esas decisiones. Nada de lo que hagas podrá cambiarlo. Lo único que puedes hacer ahora es definir de qué lado estarás... y planear tu estrategia de lucha. Y debes hacerlo pronto.

El viento sopló entre ellos, como si también esperara la respuesta.

—Ahora no me digas que deseas luchar a mi lado, porque te diré que no —añadió William, cruzándose de brazos.

—Déjame hablar —replicó Isabel—. Si quiero luchar a tu lado, lo haré. No tienes derecho a impedírmelo.

—Sí lo tengo. Como Comandante de las Fuerzas de la Luz, puedo decidir quién entra en mi ejército.

—Mi lugar en esta guerra está en la lucha mental —dijo ella con determinación.

—Los Rastreadores dominan el terreno mental, y es el campo más peligroso. No puedes imaginar lo que enfrentan. Necesitarás un control absoluto

de tu mente... o te destruirán en segundos
—advirtió William, con un dejo de preocupación
genuina en la voz.

—¿Cómo puedes manejar todo esto?
—preguntó ella suavemente—. Saber tanto del
tiempo...vivir con esa carga sin volverte loco.

—He vivido así toda mi existencia —respondió
él, sin mirar al horizonte como ella. Solo a ella.

El silencio entre ellos se volvió denso, cargado de
historia y emociones no resueltas.

—Conoces mis sentimientos hacia ti —dijo ella,
apenas un susurro.

—Sí—respondió él, con una mezcla de nostalgia
y certeza—. Y tú conoces los míos.

—Desafortunadamente, lo sé —dijo ella, sin
atreverse a mirarlo.

—Lamento tu tristeza —dijo William,
acercándose apenas un paso.

Otro silencio. Más profundo.

—Haré la Alianza —dijo Isabel finalmente, mirándolo directo a los ojos—. Con una condición.

—¿Qué será? —preguntó William serenamente, observándola con una mezcla de curiosidad y cautela.

—Debes prometerme que no herirás a ningún ser sin motivos —dijo ella, sin apartar la mirada de sus ojos azules.

—No lo había planeado, pero es una buena condición —respondió él, su tono suave pero firme.

—No puedo leerte. Tus pensamientos e intenciones están escondidos de mí —admitió ella.

—Porque soy un Ángel poderoso —dijo William, sin perder su compostura.

—Espero que no me traiciones —dijo Isabel, con una mezcla de desconfianza y anhelo en su voz.

—Mírame, Isabel —le pidió él, acercándose más—. Mira en mis ojos.

Isabel se perdió en el azul profundo de sus ojos. Era tan guapo, tan poderoso, y tan especial para ella, que su corazón latió más rápido.

—Jamás te traicionaré —prometió él, acercándose aún más. Colocó sus manos firmemente alrededor de su cintura, y una corriente eléctrica recorrió su cuerpo. Estaba tan cerca que podía sentir la calidez de su aliento.

—Oh, Isabel, esta espera me está destruyendo. Te besaré tanto cuando sea el momento. Ojalá pudieras recordar más —dijo, inhalando el aroma de su cabello.

Isabel se dejó envolver por el abrazo, su cuerpo presionado contra el de él. El calor de su cuerpo era abrasador, y podía sentir los latidos de su corazón, que se aceleraban.

Pero, con un suspiro, William la soltó y empezó a retroceder. Su rostro se volvió serio de nuevo.

—¿Qué quieres decir con que ojalá recordara más? —preguntó Isabel, tratando de comprender. —¿Qué más me estoy perdiendo?

William la miró por un momento, y su mirada se tornó un tanto distante. Luego, sin detenerse, le dijo:

—Vendrá a ti tarde o temprano.

—Necesito saber —insistió ella, su voz quebrada por la incertidumbre.

William la observó un momento más, luego, con una última mirada penetrante, dijo:

—Tenemos un trato, Isabel.

Y, con esas palabras, se desvaneció.

***

Dentro del templo, todos estaban reunidos, debatiendo las estrategias para la Gran Guerra que se avecinaba. La sala estaba llena de murmullos, y el aire se sentía pesado con la gravedad de las decisiones por venir.

Victoria escuchaba con atención, su mente trabajando a toda velocidad para procesar la información. Todo sonaba complicado, peligroso, y la sensación de incertidumbre la invadía.

—¿Qué es la Guerra Mental? —preguntó finalmente, mirando a Orfeo con el ceño fruncido.

Orfeo la miró, su expresión seria, pero tranquila.

—La Gran Guerra no es solo una lucha física. La Guerra Mental es igual de peligrosa, sino más. El poder mental es el componente más fuerte, y se requiere un entrenamiento constante y una fortaleza indomable. Muchos seres pierden esta batalla, porque los Rastreadores entran en juego. Ellos son especialistas en la guerra mental —explicó, su voz grave y llena de experiencia.

Fue en ese momento cuando Isabel entró en la sala. Su presencia era inconfundible, y la conversación se detuvo por un instante al verla. Su mirada estaba decidida, y su postura, firme.

—Tendré un ejército —dijo, su voz clara y llena de autoridad. —Estableceré puentes—añadió, mirando a todos los presentes.

Orfeo levantó una ceja, como si estuviera anticipando la siguiente pregunta.

—¿Estás considerando la Alianza con William? —preguntó, su tono grave, pero curioso.

Isabel no vaciló.

—Ya hice la Alianza con William —respondió con seguridad. Su mirada se fijó en Orfeo.—¿O pensaste que los iba a dejar peleando solos sin mí? —añadió, una leve sonrisa asomando en sus labios.

Orfeo, sorprendido, se dio cuenta de que Isabel ya sabía acerca de la Alianza que había establecido con William, algo que él no había planeado compartir con ella. La tensión creció en la sala.

—Yo...—empezó Orfeo, pero Isabel lo interrumpió con calma.

—No te preocupes, sé que tienes buenas intenciones. Pero déjame recordarte que estás confinado en esta cueva por tu seguridad, y si te encuentran, te matarán —dijo Isabel, su tono firme, aunque cargado de preocupación. —El encanto funciona dentro de la cueva, no fuera. Olvida lo de salir, porque te necesito aquí, a salvo —añadió, su voz llena de una solemne determinación.

Todos sabían que Isabel y Zagreus habían usado un antiguo encantamiento de invisibilidad para ayudar a Orfeo a escapar de Gaia, y que el poder de ese encantamiento solo se mantenía mientras él permaneciera dentro de la cueva. Si salía, su vida corría grave peligro.

Orfeo guardó silencio por un momento, asimilando las palabras de Isabel. Luego, finalmente habló:

—Con el poder que ahora posees, los puentes serán más fáciles de controlar, y te será más sencillo armar tu ejército —dijo, reconociendo el poder que Isabel estaba comenzando a dominar.

Victoria, que hasta ese momento había permanecido callada, observó con una mezcla de curiosidad y desconcierto.

—¿Esos son puentes interdimensionales? —preguntó, casi sin creer lo que acababa de escuchar.

Isabel asintió con seriedad.

—Son puentes que conectan distintos universos —respondió, como si fuera algo completamente natural para ella.

Victoria la miró fijamente, aún sorprendida.

—Eso suena... complejo —comentó. Luego, dudó un momento antes de preguntar—: ¿Puedes hacer eso?

Isabel no dudó.

—Sí—respondió, su mirada tan segura como siempre.

—Toma mucha fortaleza, energía y poder mental establecer los puentes —comentó Orfeo, observando a Isabel con atención.

Isabel asintió, reconociendo la magnitud de lo que estaba por hacer.

—Exacto—dijo ella—. Es lo que estuve aprendiendo con Chronus. Pero necesito tiempo para traer a suficientes soldados. Mi ejército leal —añadió, con una expresión resuelta.

Orfeo frunció el ceño, pensativo.

—No es muy fácil lograrlo. Los necesitas a todos acá físicamente para que logren más poder, y no pueden simplemente viajar desde Gaia sin ser notados —comentó con cautela.

Isabel lo miró fijamente, su determinación inquebrantable.

—Por eso los puentes son la prioridad en este momento —respondió. —Mientras tanto, esperamos por Zagreus o Zeus. Uno de ellos tiene que venir. Aquí tenemos el compás —añadió, señalando el artefacto sagrado que descansaba sobre la mesa.

—Y luego nos encargaremos de que Zeus ocasione la gran tormenta en caso que no encontremos a Zagreus —prosiguió, su voz cargada de estrategia.

Victoria, que había estado observando en silencio, intervino con una reflexión preocupante.

—Entonces están en algo complejo. Si llaman a Zeus antes y se ocasiona la tormenta, eso afectará los puentes, y él estará más alerta con los soldados que traerás de Gaia. Pero si esperas más, Zagreus puede seguir desaparecido —comentó, su mirada seria.

Orfeo asintió, el peso de la situación evidente en su rostro.

—Una situación compleja —dijo él, respirando hondo.

Isabel se mostró tranquila, como si estuviera acostumbrada a este tipo de decisiones difíciles.

—Es cierto, pero es lo que tenemos que hacer. No podemos apresurarnos, pero tampoco podemos quedarnos de brazos cruzados —dijo con resolución.

***

Después de la tensa discusión sobre la guerra, Isabel decidió ofrecerle a Victoria un tour por el templo, sabiendo que su amiga se sentiría más cómoda explorando el lugar. Al recorrer los pasillos, Victoria no podía evitar sentirse impresionada por la grandeza y los detalles del lugar.

Poco después, se unieron a Eurídice para tomar té en una sala adornada con bellas pinturas y tapices. Mientras charlaban, Eurídice les mostró un cuadro de una princesa que se dirigía a un público, una imagen llena de gracia y poder.

—Makala es una verdadera Princesa en Gaia, y tiene a muchos seguidores que la adoran—comentó Eurídice, observando a las dos mujeres con una sonrisa en su rostro.

Victoria, que había estado estudiando la pintura, soltó una risa suave.

—Sabía que era extraña por un motivo —dijo en tono jocoso.

Eurídice se echó a reír.

—Me cae bien tu amiga, no tiene filtros. Eso muestra la verdadera esencia de las personas —comentó, admirando la sinceridad de Victoria.

Isabel, sintiendo la calidez de la conversación, abrazó a Victoria.

—Eso es cierto, Victoria no posee filtros. Es muy directa —dijo, su tono lleno de cariño y una pizca de diversión.

Eurídice sonrió, contenta de ver cómo las dos mujeres se entendían tan bien.

—Es agradable tener amigos —dijo con una expresión tranquila, casi reflexiva.

Victoria la miró y, sin dudarlo, sonrió.

—Ya puedes considerarme tu amiga —respondió, y luego, con curiosidad, hizo una pregunta que había estado rondando en su mente.

—Pero tengo una pregunta —dijo, su voz más seria ahora—. ¿Cómo es que los Ángeles pueden venir a la Tierra y vivir entre nosotros como humanos? Y tu mamá, Hera, vino pero no tiene sus poderes... ¿Por qué?

—Porque los Ángeles son muy poderosos, y sus cuerpos funcionan de hecho como súper-humanos. Son anatómicamente muy similares a los humanos, pero con características más fascinantes. Hera es una Diosa que encarnó en la tierra como humana. Eso la hace más vulnerable a enfermarse y tener una transición como los demás humanos—explicó Isabel, su mirada fija en la oscuridad que se extendía ante ellas.—Una vez que transicione, puede tener su cuerpo y poderes de regreso, pero no como una humana encarnada —añadió, su voz más suave mientras reflexionaba sobre lo que sabía. —Yo he sido una gran excepción por lo que Chronus me ha otorgado—agregó, dejando escapar un suspiro pesado.

Eurídice asintió, absorbiendo cada palabra, entendiendo la magnitud de lo que Isabel había vivido, pero también comprendiendo la solitaria lucha que enfrentaba.

***

Durante la noche, las montañas de Sikkim ofrecían la vista más hermosa del cielo despejado, con miles de estrellas titilando en la vasta oscuridad. La luna, enorme y luminosa, iluminaba el templo desde arriba, dándole un aire de misterio. Isabel decidió subir a la cima para contemplar la vista y respirar aire fresco, sintiendo cómo cada inhalación limpiaba un poco más sus pensamientos.

—Se siente bien el aire fresco cuando hay muchos pensamientos rondando —comentó Eurídice, quien apareció detrás de Isabel, acompañándola en su silencio.

Isabel miró al horizonte, su mente perdida en la paz del paisaje.

—Siempre he amado la tranquilidad de este lugar —dijo, sus palabras cargadas de una melancolía profunda.

Eurídicese quedó en silencio por un momento, como si comprendiera que había algo más detrás de esas palabras.

—Sé que hay muchas cosas que te duelen en este momento —dijo con suavidad. —A veces el conocimiento viene con un alto precio —añadió, observando cómo el viento movía las hojas a su alrededor.

Isabel la miró de reojo, sus ojos reflejando tanto cansancio como resolución.

—Así es—respondió simplemente.

Eurídice, con su sonrisa cálida, hizo un esfuerzo por ofrecer algo de consuelo.

—Me gustaría ayudar en lo que pueda —dijo con sinceridad, deseando poder aliviar algo del peso que cargaba su amiga.

Isabel cerró los ojos por un momento, sintiendo el aire fresco acariciar su rostro.

—Lo sé, pero el futuro ha sido establecido y no puedo seguir tratando de cambiarlo—dijo, su tono firme, como si hubiera hecho las paces con lo que estaba por venir.

Eurídice la observó, con una tristeza que no podía ocultar.

—Es más fácil enfocarse en lo positivo —dijo, queriendo ofrecerle una visión diferente.

Isabel sonrió ligeramente, aunque la tristeza no desapareció por completo.

—Eso es lo que de hecho me mantiene sobreviviendo —respondió, su voz un poco más suave.

Eurídicela miró con una comprensión silenciosa, dándose cuenta de lo frágil que estaba Isabel en esos momentos.

—Entonces engánchate en ese pensamiento —dijo Eurídice, su tono alentador, pero también lleno de esa sabiduría que solo se obtiene de haber vivido muchas batallas internas.

Isabel asintió levemente, como si intentara aferrarse a esas palabras, pero luego su rostro se tornó grave, como si estuviera a punto de compartir algo mucho más profundo.

—Te puedo decir la parte triste que nadie sabe —dijo, su voz apenas un susurro.—Zagreus regresará y me dejará —agregó, como si las palabras dolieran incluso al ser pronunciadas.

Eurídice la miró, sorprendida por la sinceridad y la tristeza en sus palabras.

—Zagreus te ama demasiado —dijo con un tono suave, casi reconociendo la magnitud del sacrificio que enfrentaba Isabel.

Isabel cerró los ojos un instante, permitiéndose sentir la verdad en las palabras de Eurídice.

—Exactamente. Hará lo que sea necesario por amor —respondió, abrazando a Eurídice con una fuerza inesperada, como si buscará consuelo en el abrazo de su amiga.

Eurídice la sostuvo con fuerza, comprendiendo que todo lo que Isabel estaba viviendo era doloroso. Quiso poder aliviar su sufrimiento, quitarle un poco de esa carga, pero sabía, en el fondo, que era una fantasía esperar que todo saliera bien. Había tanto en juego, tanto que perder. El futuro era incierto y oscuro, no solo para Isabel, sino para todos los que estaban cerca de ella.

Isabel la soltó lentamente, mirando las estrellas con una expresión triste pero determinada.

—No puedo evitar lo que está por venir —murmuró, más para sí misma que para Eurídice.

—Pero debo seguir adelante, por los que aún puedo proteger.

Eurídice la miró y, aunque quería decir algo que hiciera que todo pareciera más esperanzador, simplemente permaneció en silencio, compartiendo con Isabel ese espacio de dolor y aceptación.

Ambas sabían que lo que estaba por suceder era inevitable, pero también entendían que, aunque el futuro fuera incierto y lleno de sacrificios, el camino hacia adelante requeriría más que nunca la fuerza de la amistad y la unidad.

Capítulo 16

Sigue adelante

De regreso en Londres, Isabel decidió seguir adelante con su carrera. Sabía que no tenía más opciones que esperar la tormenta que se desataría cuando Zeus decidiera actuar. La paciencia era clave, porque todo debía suceder en el momento exacto para que el compás funcionara. La incertidumbre del futuro se mantenía sobre ella como una sombra, pero entendía que su camino debía ser recorrido con una determinación aún más fuerte.

Antes de desaparecer, Alex había comprado un edificio en Londres, y había dado instrucciones claras: construir una gran clínica para Isabel llamada *Gaia*. El proyecto, bajo la supervisión de Phillip, estaba tomando forma rápidamente. Una vez finalizado, ella sería la directora de una de las clínicas más grandes del país, un legado en su honor y un refugio de esperanza para muchos.

El edificio más alto de Londres era imponente, su estructura se alzaba sobre la ciudad como una promesa de grandeza. Las indicaciones para el diseño eran claras: el último piso estaría reservado exclusivamente para Isabel, un espacio en el que podría seguir su especialidad, ofreciendo atención médica avanzada y revolucionaria. Un lugar para que floreciera tanto en lo personal como en lo profesional, aunque su mente seguía atrapada entre los eventos que se avecinaban.

Un día, mientras organizaba los últimos detalles del proyecto, Isabel recibió una llamada. El sonido familiar de la voz de su madre la sacó de sus pensamientos, trayendo consigo un suspiro de alivio y, al mismo tiempo, una pequeña carga emocional.

—Isabel, cariño, ¿cómo has estado? Ha pasado un tiempo desde que hablamos. ¿Cómo estás llevando las cosas? —preguntó su mamá, Claire, con esa calidez inconfundible.

Isabel sonrió al escuchar su voz. No importaba cuán distante estuviera, siempre sentía el consuelo de sus padres, incluso a través de la distancia.

— Estoy bien, mamá. Solo asegurándome de que todo esté listo para cuando Alex regrese a casa —respondió Isabel, su tono sereno pero cargado de una melancolía que no podía ocultar.

Claire percibió la nota de tristeza en su hija, pero decidió no presionar. En su lugar, ofreció palabras de apoyo, como solo una madre podría hacer.

— Claro, cariño, si podemos ayudarte en algo, avísanos. Tu papá y yo te extrañamos mucho—dijo Claire con un toque de dulzura. Isabel podía imaginar el tono preocupado en su voz, pero también el amor incondicional que siempre había recibido de ellos.

— Yo también los extraño —respondió Isabel, sabiendo que la distancia que los separaba no haría más que fortalecer su vínculo.

A medida que la conversación continuaba, Isabel pensaba en lo que su madre había dicho. La clínica *Gaia* era más que un proyecto profesional; era una promesa, un recordatorio de la vida que podría construir cuando todo lo demás estuviera resuelto. Pero en el fondo, Isabel sabía que su destino no solo dependía de su carrera o su familia, sino de las fuerzas mucho más allá de su control. La guerra estaba por desatarse, y no podía escapar de ello.

Dejó que la conversación con su madre la reconfortara un momento más, pero al colgar, su mente volvió al compás, a los puentes interdimensionales y a la tormenta que, en algún momento, desataría todo.

El futuro de Londres y de todos los que amaba dependía de decisiones que aún no estaban tomadas, pero lo que sí sabía era que debía estar preparada, para cuando el momento oportuno llegara.

Isabel terminó su carrera y se encontraba en pleno proceso de especialización. Tenía un plan claro para crear los puentes que conectarían Gaia con la Tierra sin llamar la atención de Zeus ni de Hades. Su intención era usar los seres que traería de Gaia para la Guerra Mental en la Gran Guerra.

Las noticias llegaban desde todos los rincones del Sistema, informando sobre enormes pérdidas y batallas colosales, y sabía que debía estar preparada. Por ahora, sabía que Zeus y Hades estarían enfocados en la guerra y no en ella, al igual que los Rastreadores, lo que le daba la ventaja necesaria para seguir con su plan.

La clínica de fertilidad que había abierto funcionaba como un vórtice de comunicación entre la Tierra y Gaia. Los puentes permitirían que los Gaianos, miembros de las fuerzas que ella misma había entrenado en habilidades de guerra, se unieran a su ejército. Cada uno de ellos llegaba poco a poco, y aunque había logrado reunir un buen número, aún no era suficiente. Muchos de ellos seguirían siendo bebés o niños pequeños para el momento de la Gran Guerra, pero con mentes increíblemente poderosas. Orfeo se encargaba de contactar a cada uno a través de sus grupos infiltrados, quienes explicaban el plan de la guerra. Saber que lucharían junto a la Princesa Makala los llenaba de orgullo, y todos se ofrecían como voluntarios.

A pesar de que el tiempo pasaba, Isabel continuaba luciendo joven, sin signos de envejecimiento. Sabía que eventualmente tendría que encontrar una forma de ocultar su eterna juventud.

Esos días en la enorme casa sin Alex eran solitarios. Isabel caía en la misma rutina una y otra vez, creando situaciones imaginarias donde Alex regresaba a ella. Incluso llegó a soñar despierta, y en varias ocasiones lo vio en persona en el tren cuando viajaba a su trabajo.

Victoria le hacía compañía muchas veces, pero su relación con Harold le dejaba poco tiempo libre. Un día, decidieron darse un tiempo aparte, y pronto ese tiempo se convirtió en algo permanente.

"¿Qué ha sucedido con William?" - le preguntó Victoria un día. "Ni siquiera Harold lo menciona mucho" - añadió.

"No lo he visto" - respondió Isabel. "Pero estoy segura de que, con todo lo que está pasando con la guerra en otros lugares, debe estar muy ocupado" - continuó. "Aunque no me sorprendería que esté aquí en este momento, invisible. Con el poder que tiene, puede hacer lo que quiera" - agregó.

"No puede hacer lo que quiera, porque estoy segura de que desearía estar contigo" -dijo Victoria.

"He escuchado historias sobre cómo le temen en todos lados, de que es un Ángel frío, pero cuando he estado cerca de él, siento lo contrario" - dijo Isabel. "Quizás es algo distinto conmigo" - añadió.

"¿Distinto?¡Súper diferente!" - exclamó Victoria. "Harold me contaba que es un Ángel al que todos temen. Que es invencible, pero sin sentimientos. Y lo veo contigo, y no encaja con lo que escucho" - agregó.

***

Días más tarde, Isabel regresó a casa después de un largo día de trabajo. Era uno de esos días difíciles, en los que el regreso de Alex le parecía aún muy lejano. Los días parecían pasar lentamente cuando ella deseaba que todo acabara pronto, y, en ocasiones, la ansiedad de no saber o de esperar al momento oportuno se volvía casi insoportable.

Recordó su conversación con Victoria acerca de William y se preguntó cómo estaría o dónde estaría en ese momento. Por más que le parecía una locura o algo imposible lo que pensaba, decidió tomar el teléfono y llamarlo. Esta vez, usaría un método más convencional para comunicarse con él.

"Sabes que no es necesario que me llames por teléfono" - dijo William al contestar. "Solo tienes que pedirme que vaya y estaré donde quieras" - agregó.

"Realmente estoy intentando prevenir otro terremoto" - bromeó Isabel. "La última vez que te pedí que vinieras asustaste a unos cuantos" - añadió.

"Eso fue nada" - respondió William. "No puedo evitarlo. Mi energía es muy fuerte para controlarla" - explicó.

"¿Puedo ir a visitarte?" - preguntó ella.

"Por supuesto" - dijo él inmediatamente. "De esa forma también puedes satisfacer tu curiosidad" - añadió.

"Nunca he visto la casa donde vives acá" - comentó Isabel.

"No estoy lejos de ti. Estoy en Chelsea" - le dijo él. "Anota la dirección y te prepararé cena esta noche" - agregó.

Una hora más tarde, Isabel llegó a la hermosa casa de William Rainier. Una casa blanca de cuatro pisos con un pequeño jardín y una terraza en la entrada. Cipreses altos adornaban la entrada de la casa, y flores blancas rodeaban las lozas que decoraban la caminería del jardín.

Isabel estaba impresionada de lo limpio y cuidado que se veía todo. William estaba en la puerta esperando que ella saliera del auto. Una sonrisa se dibujó en su rostro al verla llegar.

"Desde acá huelo algo muy rico" - comentó ella mientras caminaba hacia él.

"Una cena especial para una invitada especial" - dijo William. "Además, la comida en la Tierra es distinta, y me gusta prepararla yo mismo si decido comer" - añadió.

"Este lugar luce muy lindo. Seguro tienes un excelente jardinero" - observó Isabel, admirando el jardín.

"Yo cuido las flores" - respondió él, "los jardineros se encargan del resto" - añadió, guiñándole un ojo.

"Eso toma dedicación" - dijo ella.

"Soy una persona dedicada" - afirmó William, sonriendo.

"Me encantan las rosas blancas" - dijo Isabel.

"Lo sé" -respondió William.

"Siento la intrusión de venir a tu casa a última hora" - comentó ella. "Quise saber de ti" -añadió.

"No hay problema" - dijo él.

Hubo un breve silencio entre ellos, hasta que William rompió la calma:

"Sabes que Alex Cavendish estuvo una vez parado allí, justo donde estás tú?" - preguntó.

"¿Cuándo?¿Y por qué?" - inquirió Isabel, sorprendida.

"La misma noche que regresó de Gaia, antes de irte a buscar, vino a recordarme que tú eras su amor. Prometí no interferir, siempre y cuando tú no me necesitaras" -explicó William.

"Y te necesité" - dijo Isabel, con una mirada firme.

"Así es, y sigues necesitando mi ayuda" - dijo él, mirándola fijamente. "Ven, vamos a entrar, que la cena está servida" - añadió, sonriendo mientras señalaba hacial a cocina.

"Este lugar es hermoso. Todo es blanco aquí. No me extraña" - observó Isabel. "Debe sentirse como en casa" - añadió con una sonrisa.

"¿Te refieres a que todo es blanco porque soy un Ángel?" - preguntó él, sonriendo. "De hecho, es bastante distinto a mi hogar" - agregó.

"Me gusta el blanco porque se ve más limpio" - comentó ella.

"También espero que te guste la comida" - dijo él.

"Hiciste mini hamburguesas vegetarianas. ¡Las amo!" - exclamó ella, encantada.

"Sé que te gustan, y que prefieres más las comidas sin carne" - explicó él.

"Gracias. No recuerdo cuándo fue la última vez que comí una. Creo que he estado tan enfocada en mi trabajo que a veces me olvido de mí misma" - confesó Isabel.

"Suele suceder" - dijo él, asintiendo con comprensión. "Disfrútalas" - añadió mientras le abría la silla para que se sentara cómodamente.

Isabel comía, y todo sabía delicioso. William era realmente un excelente cocinero. Era increíble que un Ángel cocinara para ella, y aún más, que preparara algo tan especial como sus hamburguesas favoritas. Cenaron juntos y disfrutaron de un buen vino.

"Me imaginé que estabas ocupado cuando llamé, que quizás ni estabas en la Tierra" -dijo ella.

"No lo estaba, me encontraba en otro universo, de hecho" - respondió William sonriendo. "Cuando supe que llamabas, me vine" - añadió.

"Me imagino que has estado resolviendo muchas cosas" - comentó Isabel.

"Han ocurrido muchos eventos en los que los Siete Cielos Celestiales deben intervenir" -

explicó él. "¿Cómo va tu búsqueda?" - preguntó, cambiando de tema a propósito.

"Aún nada" - respondió Isabel. "Alex sigue desaparecido, y para serte honesta, ya estoy perdiendo la fe de que regrese. Quizás está perdido" - añadió con una mirada apagada.

"Estoy seguro que debe ser difícil" - dijo William con tono comprensivo.

"Tú eres un Ángel. Podrías encontrarlo" - dijo Isabel, con un dejo de esperanza.

"Me temo que no. Donde sea que esté ahora está fuera de mi alcance. Tenemos acuerdos, y no puedo ir en una búsqueda por un fugitivo sin un buen motivo. Él no es un propósito para mí" - respondió William, con seriedad.

"Entiendo. Eres un ser recto, incapaz de hacer nada en contra de tu ley. Es una buena cualidad, pero no beneficia a una persona que está en necesidad" - dijo ella, con una ligera frustración.

"¿Porqué siento que eso es un insulto?" - preguntó William, con una sonrisa irónica.

"¿Puedes llamar a los Administradores? ¿Luchar y ganar guerras? Los seres en todo el sistema te temen, pero no tienes el propósito de ayudarme con mi búsqueda por Zagreus?" - dijo Isabel, molesta.

"¿Es ese el motivo por el que viniste aquí? Para insultarme por no interferir con las leyes ayudando a encontrar a tu amor criminal?" - dijo William, con tono también tenso.

"¡Él no es un criminal!" - gritó Isabel, levantándose de su silla, con los ojos llenos de ira.

"Es un criminal que violó todas las leyes y reglas posibles, los acuerdos y órdenes del Sistema. O crees que es inocente de todos esos cargos?" - preguntó William, con un tono firme.

"Todo lo que hizo fue por amor, para estar conmigo" – dijo ella con voz temblorosa.

"Yo también te amo, y no he violado reglas que podrían ponerte en peligro. Jamás te pondría en una posición en la que corras riesgos" – respondió William, acercándose. "Tomaste el maldito Sueño Dorado para salvarlo, e incluso entonces él ya estaba violando otra ley universal, escapando a la Tierra. Es un ser imprudente, Isabel. Y no arriesgaré mi reputación por alguien así" – añadió con firmeza. "Además, si no ha regresado, tal vez sea porque alguno de los muchos que lo buscan finalmente lo encontró" – dijo con tono más duro.

"Puedes ser tan egoísta" – dijo ella, herida.

"¿Egoísta? ¿De verdad, Isabel?" – preguntó él, dando un paso más hacia ella. "Te he deseado por mucho tiempo, y jamás he cruzado un límite sin tu consentimiento. Te he cuidado. Si eso me hace egoísta, que así sea. Pero nunca tendré que preocuparme por ponerte en peligro por actos irresponsables" –añadió, ahora muy cerca de su rostro.

Isabel podía sentir su ira. William estaba claramente dolido, y ella también.

"No debí venir" – dijo ella, girándose. "No entiendes nada" – añadió y dio unos pasos para irse.

Entonces sintió su brazo fuerte rodearle la cintura, deteniéndola. La atrajo hacia él. Su respiración se había acelerado, y ella sentía su aliento cálido sobre la piel. Le tomó el rostro con una mano y la besó con fuerza.

Ella respondió al beso. Fue largo, intenso, apasionado, y la conmovió profundamente. Lo que sentía era abrumador: el deseo de él, su amor, todo a la vez. Lo rodeó con los brazos, tomándolo por el cuello, y lo besó aún más. Él la sostenía con fuerza por la cintura y deslizaba su mano por su espalda, con ternura y deseo. Ella lo disfrutaba.

Pero de pronto, William tomó sus manos suavemente, las retiró de su cuello y separó su rostro del de ella.

Isabel no quería parar. Él era adictivo. Pero con delicadeza, se apartó un poco.

"Isabel, estás muy sola. Y no quiero que te arrepientas de esto más adelante" –dijo, mirándola con intensidad.

"No creo que me arrepienta" – respondió ella. "Y tienes razón, estoy muy sola. Pero ese no es el motivo por el que te besé. Lo hice porque he querido hacerlo desde hace mucho tiempo" – añadió mientras buscaba sus llaves y su bolso.

"Isabel..." – dijo William. "Me duele verte sufrir. Soy tuyo, y esperaré por ti" – añadió con suavidad, apartándose para dejarla pasar.

La vio salir por la puerta y observó hasta que el sonido del motor de su auto se desvaneció en la distancia.

Capítulo 17

Tiempo

"*Isabel, me temo que* tu mamá continúa deteriorándose" – dijo el doctor Chein con voz seria. "Seguimos realizándole pruebas, pero está en las etapas iniciales de Alzheimer. Lamento mucho tener que darte estas noticias" – añadió con empatía.

Isabel guardó silencio. Su padre estaba con su madre en la zona de recuperación, luego de que Claire se desmayara por segunda vez en una semana. El peso de la culpa oprimía el pecho de Isabel, porque sabía lo que vendría. Y su madre también lo sabía.

La noche de la ceremonia, cuando Isabel la eligió, le otorgó el don del conocimiento. Un regalo demasiado poderoso para un cuerpo humano, que terminó por cobrar un alto precio: enfermedad. Ahora, Claire mostraba los primeros signos de deterioro.

"Basado en tu experiencia... ¿cuánto tiempo le queda a mi mamá?" – preguntó Isabel con voz serena pero tensa.

"Evaluando cómo se ha presentado la enfermedad y lo rápido que está progresando... diría que no más de un año" – respondió él con delicadeza.

Isabel asintió en silencio. Sentía que debía reunir toda la fuerza posible para enfrentar lo que venía.

"Gracias por tu ayuda" – dijo finalmente, con calma contenida. Luego, con un cambio de tono sutil, añadió:

"Por cierto, deberías venir a ver el centro médico renovado. Tenemos todas las especialidades ahora, y siempre estoy buscando doctores excepcionales. Creo que tú eres uno de ellos. El nombre del edificio es Gaia" – dijo mientras salía tranquilamente por la puerta.

"Gracias. Conozco el lugar... es enorme. Lo pensaré" – respondió el doctor Chein, sorprendido por la serenidad con la que Isabel había recibido la noticia.

***

Una tormenta colosal azotaba Londres. Las autoridades habían ordenado a la población buscar refugio de inmediato, pues se esperaban múltiples tornados en diferentes zonas de la ciudad. El cielo rugía, los rayos cortaban la oscuridad, y el viento golpeaba con furia las calles desiertas.

A bordo de un jet privado, Isabel se aferraba al compás que yacía a su lado. Junto a ella viajaban Phillip y David. Había logrado descifrar la ubicación de Alex, y no pensaba perder un solo minuto. Zeus había secuestrado a Victoria, y el tiempo se deslizaba cruelmente entre sus dedos. Tenía que encontrarlos a ambos.

Años atrás, cuando Zagreus desapareció sin dejar rastro, Isabel y Orfeo tomaron una decisión arriesgada: enviaron señales de radio codificadas revelando la ubicación del compás. Sabían que esa información tardaría años en alcanzar a Zeus, sobre todo porque en ese momento él estaba envuelto en la Gran Guerra. Pero también sabían que, al recibirla, su furia desataría una tormenta sin precedentes. Esa tormenta —precisamente esa— era la señal que Isabel había estado esperando todo este tiempo.

Ahora, gracias al caos climático que cubría Londres, Isabel volaba en dirección a Escocia. Jamás imaginó que Alex estaría en la Tierra, mucho menos en aquel rincón remoto. Siempre pensó que estaba en algún universo lejano o atrapado en otra dimensión. Esa nueva revelación despertaba más preguntas que respuestas.

Observaba en silencio por la ventanilla del jet. El cielo era un velo oscuro, salpicado de nubes pesadas que se iluminaban intermitentemente con relámpagos. Podía imaginar el miedo de miles de personas que, en ese momento, intentaban protegerse de lo que parecía el fin del mundo.

***

En otra parte de la ciudad, alguien interrumpió la quietud de una habitación con ventanales amplios que vibraban con el viento.

"Señor, disculpe la interrupción, pero la Gran Tormenta ya ha llegado a Londres" —dijo un hombre, con voz tensa.

"Me indicó que le avisara en cuanto ocurriera".

"Muy bien" —respondió él con calma. —Gracias por avisarme.

Se dirigió sin prisa hacia el escritorio en la esquina de la habitación. Abrió la primera gaveta y sacó una carta sellada con sumo cuidado. Estaba dirigida a Alex Cavendish. Ya la había leído muchas veces, pero necesitaba hacerlo una vez más. Necesitaba estar absolutamente seguro de los próximos pasos.

La desplegó y leyó en silencio:

"Querido Alex,

Sé que estás confundido por los recientes acontecimientos. Las pesadillas pasarán; son solo un efecto secundario del proceso de rescate. Lo importante ahora es que te prepares.

Cuando una gran tormenta azote Londres, sabrás que algunos de tus enemigos vendrán por ti. Lo verás en las noticias.

Si alguien intenta acercarse, elimínalo sin dudar. Asegúrate de tener éxito. Si fallas, nuestra familia estará en peligro. La prioridad es protegernos. Luego, llegará tu recompensa.

Estaré contigo pronto.

Tío Adam"

Doblando la carta con cuidado, la deslizó nuevamente dentro del sobre —aunque ya no estaba sellado— y lo guardó en el bolsillo lateral de su chaqueta. Aun así, algo dentro de él le decía que los eventos que se aproximaban no iban a ser sencillos. Una inquietud silenciosa lo envolvía.

"Necesito que preparen las municiones. Y si cualquier vehículo se aproxima, infórmenme de inmediato. Debemos destruirlo" —ordenó con firmeza.

"Entendido, señor" —respondió uno de sus hombres con precisión militar.

Se puso unas botas oscuras, jeans, una franela y encima una chaqueta gruesa. Salió de la habitación y cruzó el pasillo hacia el centro de control, donde se dirigían todas las operaciones. Al pasar por una sala con un telescopio astronómico, notó las pantallas activas mostrando datos en tiempo real provenientes de satélites, y una antena de radio recibiendo señales cifradas.

Al entrar al cuarto de control, se encontró con varios hombres trabajando con concentración frente a computadoras y teléfonos. Uno de ellos, vestido con un traje oscuro, se acercó rápidamente.

"Señor, detectamos un jet privado volando hacia esta ubicación. Despegó desde Londres hace pocos minutos" —informó el hombre con tono respetuoso.

"Aún estamos esperando confirmación de la lista de pasajeros y la ruta exacta. Las comunicaciones están lentas por la situación actual en Londres".

"Estaré aquí esperando esa información" —respondió él con frialdad.

"Sí, señor" —dijo el agente antes de volver a su puesto.

Su tío le había advertido: debía destruir a cualquiera que intentara acercarse. Y Alex, aunque lleno de dudas, estaba decidido a cumplir su parte.

Pasaron unos minutos tensos, hasta que otro hombre se acercó con rapidez.

"Señor, el jet llegará en aproximadamente quince minutos" —informó con firmeza.

"Estén preparados para lanzar los misiles cuando dé la orden" —respondió Alex, con la voz firme pero el corazón inquieto. Luego añadió, con una mirada afilada—: "¿Tenemos información sobre los pasajeros?"

Sabía que debía obedecer las instrucciones de Adam, pero una sensación punzante en el pecho le pedía esperar. Algo no encajaba.

"No, señor. Aún no" —dijo el hombre. Su rostro mostraba la presión de la situación—."El jet despegó desde Londres, pero debido a la tormenta no logramos establecer comunicación. No tenemos datos de los pasajeros. Sin embargo... permítame decirle que cada segundo es crucial".

"Necesito esa información ahora mismo" —ordenó Alex, con la mandíbula tensa.

"Sí, señor" —dijo el hombre antes de marcharse rápidamente.

El silencio que quedó en la sala era espeso. Alex sintió que cada latido de su corazón marcaba una cuenta regresiva invisible.

Y entonces, tomó la decisión.

"Disparen el primer misil" —dijo, helado.

"Disparando misil" —anunció el operador. Sus dedos se movieron con precisión sobre el teclado. La gran pantalla mostró las coordenadas: el misil había sido lanzado.

"Tiempo estimado de impacto: dos minutos" —añadió.

En ese mismo instante, un joven irrumpió en la sala, agitado y con los ojos muy abiertos.

"¡Señor! Tengo confirmación de los pasajeros del jet. El avión está registrado a nombre de su familia... a su nombre, para ser exactos: Alex

Cavendish. Y a bordo están... la señora Isabel Cavendish, el Doctor David Fein y el señor Phillip Carrington".

Un silencio cayó sobre la sala.

"¿Estás seguro de esta información?" —preguntó Alex, con la voz quebrada por el pánico que empezaba a asfixiarlo.

"Lo he confirmado dos veces, señor. Es correcta" —dijo el joven, claramente nervioso, con los ojos fijos en los de Alex.

El mundo se detuvo.

Su sangre pareció congelarse en sus venas. La respiración se le volvió pesada, como si algo invisible le apretara el pecho. ¿Por qué un jet a nombre suyo estaba acercándose? ¿Quién era la mujer con su apellido? ¿Por qué nadie le había dicho nada antes?

Miles de preguntas lo golpearon al mismo tiempo, pero no había tiempo para pensar.

El misil ya iba en camino.

"¿Tenemos forma de cancelar el objetivo?" —preguntó con urgencia, dándose la vuelta hacia el operador.

Las miradas dentro del cuarto de control eran de alarma, como si todos contuvieran el aliento.

"No, señor. Me temo que ya está en el aire... y alcanzará el objetivo" —respondió el operador con la voz baja, como si sus palabras fueran una sentencia.

***

"Isabel, estamos por aterrizar pronto" —comentó Phillip desde la cabina, girándose hacia ella—. ¿Estás bien?

"Sí...disculpa, estaba distraída" —respondió Isabel, su mirada perdida más allá de la ventanilla.

"Estamos muy cerca" —añadió Phillip con tono sereno, aunque su tensión era evidente.

"Qué bien que lo logramos" —dijo David, intentando mantenerse positivo—. "Espero que encontremos lo que buscamos. Solo contamos con unos minutos antes de que el compás deje de funcionar. Si fallamos... también podríamos perder a Victoria" —agregó, con nerviosismo creciente.

"Lo sé" —dijo Isabel con firmeza, girándose hacia él—. "Confía en mi plan. Una vez estemos en tierra firme, resolveré esto".

"El lugar al que llegaremos tiene una pista de aterrizaje privada" —explicó Phillip, ajustando los controles—. "He intentado contactar, pero no he recibido ninguna respuesta".

"No importa. Ellos saben que vamos hacia allá" —dijo Isabel, clavando los ojos en el frente—. "Y debemos estar preparados para cualquier respuesta".

"¿Cualquier respuesta?" —repitió David con inquietud.

"Amigable...o hostil" —añadió Isabel con voz grave. Luego hizo una pausa—. "Juzgando por el silencio, apostaría a hostil".

Y como si el universo confirmara sus palabras, una señal de alarma estalló en la pantalla de control. Una voz metálica comenzó a repetir en bucle:

"*Alarma de misil. Alarma de misil*".

Los ojos de Isabel buscaron a David y, sin decir nada, le bastó una mirada para hacerle entender que no había sido un error técnico.

"¿M-misil?"—balbuceó David, paralizado—. "¿Qué demonios está pasando? ¿Es una falla... una falsa alarma?"

"No es una falla" —dijo Isabel, tomando aire con calma—. "Alguien nos disparó un misil. Debemos saltar. Ahora".

"¿S-saltar?"—David abrió los ojos como platos—. "¿Te refieres a saltar de este avión?"

Sin responder, Isabel ya se colocaba un chaleco que parecía más pesado que uno convencional. Phillip hacía lo mismo al otro lado de la cabina.

"¿Has usado un paracaídas antes?" —preguntó Isabel acercándose a David. Sin esperar respuesta, comenzó a asegurarle el chaleco con rapidez pero con sumo cuidado.

David tragó saliva con dificultad, mientras su corazón retumbaba como tambores de guerra en su pecho.

"¿Estás segura de esto?" —preguntó, aferrándose al asiento.

"Más de lo que he estado de muchas cosas" —respondió Isabel, con la mirada determinada.

El avión vibraba, y el rugido del viento comenzaba a elevarse mientras se preparaban para lo impensable.

"Cuando saltemos, sigue mis instrucciones al pie de la letra" —ordenó ella.

David asintió con lentitud, sabiendo que su vida —y quizás la de todos— dependía de cada segundo que venía.

"¡No!" —exclamó David, mirando desesperadamente a su alrededor. El pánico era evidente en su rostro.

"Hoy es tu día de suerte" —dijo Isabel con una calma inquietante mientras abría la puerta lateral del jet.

Una ráfaga de viento helado irrumpió en la cabina, azotando sus rostros con fuerza. El rugido del aire llenó el espacio y el corazón de David casi se detuvo del susto.

"Estaremos a una altura un poco más elevada de lo usual" —explicó Phillip, sujetándose del marco de la puerta—, "pero será más seguro cuando el misil impacte. No queremos estar cerca cuando eso ocurra en el aire".

David giró hacia ellos. Ambos lucían increíblemente serenos, como si saltar de un avión fuera algo rutinario. Él, en cambio, apenas podía mantenerse de pie del temblor.

"¿O-ok...listo?" —balbuceó.

"Demasiado tarde para pensarlo" —dijo Isabel. Lo tomó por el brazo con fuerza y sin darle oportunidad de reaccionar, se lanzó con él fuera del jet.

David soltó un grito desgarrador que se perdió en el estruendo del viento.

Desde el aire, Isabel divisó a Phillip saltar unos segundos después. Y entonces, una explosión brillante rasgó el cielo detrás de ellos. Una onda de choque los empujó con violencia hacia abajo.

Isabel mantuvo el control. Su entrenamiento en paracaidismo la ayudó a estabilizarse en el aire. Giró rápidamente la cabeza para localizar a David, que ya no gritaba, y para su sorpresa, ahora parecía estar... sonriendo. Tal vez era el efecto de la adrenalina. O tal vez, había algo en volar sin alas que despertaba un antiguo recuerdo de libertad.

Phillip planeaba no muy lejos, alineándose con precisión hacia el punto de aterrizaje.

Cuando finalmente tocaron suelo, Isabel se arrodilló brevemente para recuperar el aliento. El viento seguía fuerte, lo que, afortunadamente, había desviado los fragmentos del jet en otra dirección.

David aterrizó torpemente a unos metros, rodando por la hierba, pero ileso.

"Estoy vivo!" —exclamó, y luego se echó a reír nerviosamente—. "¡Isabel! ¡Estoy vivo, maldita sea!"

Phillip se acercó con paso rápido, retirándose el casco de salto.

"Buen trabajo. Eso fue bastante limpio considerando que casi nos vuelan en pedazos"—dijo.

"Ya es un hecho que quien sea que esté allí quiere matarnos" —dijo David, aún intentando normalizar su respiración.

Isabel se puso de pie, su mirada fija en el horizonte donde se vislumbraba la instalación militar desde la que sabían había sido lanzado el ataque.

"Y yo ya sé quién es" —susurró. Luego giró hacia los dos hombres—. "Vamos. No tenemos tiempo que perder. Alex está allí... y no lo sabe todavía".

Capítulo 18

Que he hecho?

"Señor, el objetivo ha sido destruido exitosamente" – informó el hombre.

Alex Cavendish permanecía inmóvil. Algo dentro de él le decía que había cometido un error. Pero ya no había vuelta atrás. Su mente no dejaba de repetirse el nombre: Isabel Cavendish. ¿Quién era ella? ¿Por qué tenía su apellido? ¿Y porqué ese jet estaba registrado a su nombre? Nada encajaba.

"¿Señor, puede oírme?" – insistió otro hombre, acercándose.

"¿Qué sucede?" – preguntó Alex, sacudiéndose del trance.

"Como le decía, los tres pasajeros saltaron del avión antes de que el misil impactara. Están vivos y se dirigen al norte, a pie" – explicó. "¿Cómo desea que procedamos?"

Una oleada de alivio recorrió el cuerpo de Alex. A pesar de todo, habían sobrevivido. Y seguían avanzando. Necesitaba saber quiénes eran esas personas...y por qué insistían en llegar hasta él.

"Preparen los autos. Vamos a buscarlos" – ordenó sin dudar.

Minutos más tarde, Alex iba al volante de uno de los vehículos, seguido por otros tres. Salieron de la propiedad y tomaron rumbo hacia los acantilados. Estaban en las afueras de Edimburgo, una zona vasta, privada, con senderos y vistas impresionantes al mar.

Iban encamino cuando una tenue luz apareció a lo lejos. Era una linterna.

Alex frenó en seco. Los demás vehículos hicieron lo mismo. Bajó de inmediato y caminó hacia la figura que sostenía la luz.

Entonces la vio.

Tenía que ser ella.

Isabel Cavendish.

La mujer de sus sueños... y de sus pesadillas. Era ella.

***

"Estás bien?" – preguntó Phillip a Isabel.

"Si" –respondió ella. "Tuvimos suerte que el viento nos ayudó a evitar los fragmentos"– dijo ella mientras se miraba llena de barro y tierra. Aún así se veía muy linda.

"Esta es la vía. Solo necesitamos seguir caminando y los iré guiando" – dijo Phillip mirando a su reloj con localizador.

Todos comenzaron a caminar. Incluso David que logró aterrizar sano y salvo con su paracaídas y la ayuda de Isabel. Estaba satisfecho de no haberse lesionado. Jamás pensó que saltaría de un avión.

Luego de unos minutos David se detuvo.

"Escuchan ese sonido?" – dijo.

"No, cual?" – dijo Isabel intentando escuchar. Lo que se escuchaba era el viento soplar y las olas del mar chocando contra los acantilados que se encontraban no lejos de ellos.

"No puede ser que no escuchen" – dijo David seriamente. "Es un canto muy fuerte. Como miles de personas cantando cerca" – agregó.

Isabel y Phillip intercambiaron miradas de intriga. Ninguno escuchaba lo que David mencionaba.

"Posiblemente es parte del sonido del viento. Y de paso acabas de lanzarte en paracaídas, aún tienes la adrenalina elevada" – dijo Isabel sonriendo.

"Quizás"– dijo David, no muy convencido de la explicación. "Mira, tu compás comenzó a moverse en varias direcciones" – agregó él señalando el compas. Era la primera vez que se movía desde Londres.

"Algo sucede" – dijo ella.

El compás comenzó a brillar como una linterna y emitía un fuerte sonido que ensordecía. La luz comenzó a extenderse hacia un punto específico donde pudieron distinguir unas figuras caminando hacia ellos.

Segundos después el compás comenzó a vibrar e Isabel pudo distinguir una de las figuras humanas cerca de ella. Era Alex.

***

El compás emitía un fuerte sonido. Su luz brillaba intensamente y una vibración profunda recorría la mano de Isabel.

El tiempo corría. Era el momento de tomar decisiones determinantes. Las vidas de Victoria y Alex dependían de ello. Zeus había sido muy claro: debía escoger entre ambos. Pero Isabel no era de las que aceptaban ultimátums. Ella había trazado su propia estrategia.

De forma extraña, su intuición le decía que Alex no recordaba quién era. Lo percibía en su mirada. Sin embargo, ya no podía perder más tiempo. Tenía que actuar.

Sacó una navaja que llevaba en el cinturón y, sin dudar, se hizo un corte en la palma de la mano. Luego, sujetó el compás con la herida abierta. Una luz más brillante que nunca, semejante a una espada de energía, emergió del artefacto. Isabel se movió rápidamente hacia Alex, lo tocó en el hombro, y con el haz de luz... se apuñaló en el pecho.

Todo ocurrió en cuestión de segundos. Nadie tuvo tiempo de reaccionar.

Phillip y David, que desconocían el plan de Isabel, observaron la escena en estado de shock. Alex también quedó paralizado por el impacto del contacto. Y entonces, una luz radiante cubrió el cuerpo de Isabel, tendido en el suelo... y ella desapareció.

Segundos después, se oyó la voz quebrada de Alex:

—¡Isabel!¡No, Isabel! ¡Por favor, no!

Sus gritos desgarraron el silencio. Nadie se atrevía a hablar. Una y otra vez, Alex gritaba su nombre con desesperación.

Phillip se acercó lentamente, señalando a los hombres de Alex que no representaba una amenaza. Cuando estuvo lo suficientemente cerca, colocó una mano sobre el hombro del devastado comandante.

—¿Qué he hecho? —dijo Alex, con la voz ahogada—. He matado a mi esposa... a la mujer que he amado. Quiero morir.

Los guardias que lo rodeaban no podían creer lo que veían. Siempre habían conocido a Alex como un hombre frío, implacable, duro. Verlo así, vulnerable, llorando de rodillas, era como presenciar la caída de una estatua.

Phillip se inclinó hacia él.

—Alex, por favor... vamos a otro lugar. Hablemos —le dijo con firmeza y compasión.

Alex no respondió de inmediato. Estaba procesando la verdad: la realidad que había despertado no se parecía en nada a los escenarios que había construido junto a Orfeo. Algo había salido mal. Necesitaba recomponerse. Planear un nuevo curso.

A su alrededor, los hombres armados seguían esperando órdenes. Todos ellos habían obedecido a su liderazgo sin dudar... pero ahora él no era el mismo.

Poco a poco, se puso de pie. Phillip lo ayudó a incorporarse.

—No pasa nada —dijo Alex con voz ronca, dirigiéndose a sus guardias—. Están conmigo.

Las palabras fueron claras y firmes. Nadie dispararía. Phillip y David caminaron junto a él, avanzando hacia los vehículos en silencio.

***

Una vez en la casa, los guardias se dirigieron a sus posiciones habituales. Aunque aún mostraban cierto recelo por la actitud reciente de Alex, no se atrevieron a hacer preguntas.

La sala era enorme, con una vista imponente hacia el océano. David observaba a través del ventanal, preguntándose si todo esto había sido parte del plan de Isabel desde el principio. Aún escuchaba, en lo profundo, aquellos cantos que habían comenzado minutos antes. Sin embargo, en ese momento, no eran su prioridad. Demasiadas cosas acababan de suceder.

Phillip se encontraba frente a Alex. David se volteó para mirarlos. Alex se veía más alto y fuerte que Phillip. Tenía la misma energía juvenil que Isabel.

—Necesito preguntar... ¿por qué intentaste matarnos? —dijo Phillip con seriedad.

—Porque en ese momento era lo que quería hacer —respondió Alex tras una breve pausa.

El rostro de David se tensó de rabia.

—¡Idiota! ¿Cómo vas a querer matarnos cuando tu esposa estaba con nosotros? Ahora ella hizo todo esto por ti, y es tu maldita responsabilidad —gritó, y avanzó hacia Alex con intención de golpearlo.

Phillip lo detuvo justo a tiempo.

—Por favor, Dr. Fein, debemos calmarnos y escuchar su explicación —dijo sujetándolo con firmeza.

—¿Explicación? ¡Isabel se apuñaló con ese compás frente a nosotros para salvarlo a él y devolverle sus recuerdos! —protestó David, fuera de sí.

—David, por favor —insistió Phillip, mirándolo con firmeza—. Todos lo vimos. Pero necesitamos tranquilidad para llegar al fondo de esto.

—¿Tranquilidad? Míralo… sigue ahí, en shock —dijo David, señalando a Alex, que permanecía inmóvil, con la mirada perdida.

Phillip se dirigió a él con tono firme:

—Es necesario que nos digas qué sucedió… ¿y por qué diste la orden de matarnos?

Alex bajó la mirada antes de responder:

—Me dijeron que cualquiera que se acercara a este lugar esta noche, durante la tormenta, representaba un peligro para nuestra seguridad. Di la orden en cuanto confirmaron que el jet venía hacia aquí. Me informaron que los pasajeros eran una amenaza para los nuestros… y para mí. Que debía destruirlos antes de que fuera demasiado tarde.

Hizo una pausa, bajando el tono.

—No sabía mucho de nada. No recordaba. Solo obedecí.

Alex se dejó caer en un sofá de cuero negro que estaba en una esquina de la sala. Su expresión seguía distante, como si aún procesara lo ocurrido.

—¿No recibiste información sobre los pasajeros a bordo ni sobre el dueño del jet? Era tuyo. ¿No te pareció sospechoso? —preguntó David.

—La recibí... unos segundos después de dar la orden de disparar el misil. Pero ya era demasiado tarde para detenerlo —respondió Alex.

—¿A qué te refieres con que se te dijo que habían amenazas aproximándose? ¿Quién te dijo eso? —interrogó Phillip.

—Mi tío Adam me escribió una carta alertándome. Por eso no dudé. Pero ahora... me siento roto por dentro y no encuentro más explicaciones —dijo Alex, llevándose las manos a la cabeza.

—¿Dónde has estado todo este tiempo? Desapareciste y no supimos nada más de ti, ni siquiera si seguías con vida —dijo Phillip.

—Encontré a Chronus. Negocié con él el retorno de las memorias y experiencias de Isabel. Hicimos un trato. Pero después... todo desapareció. Mis recuerdos se borraron, y ni siquiera recuerdo en qué consistía el trato —dijo Alex. —Cuando desperté, ya estaba aquí en la Tierra, siendo rescatado por quien se hizo pasar por mi tío Adam. Él me entrenó para que esta noche eliminara a quienes supuestamente venían a amenazarnos. Jugaron con mi mente. Me hicieron creer que estaba de su lado. Pero ahora que mis recuerdos están regresando, dolorosamente, siento que estoy atrapado en una tortura. Vuelven las imágenes de todo lo que ocurrió, de los errores cometidos... y del tiempo que ha pasado —continuó, visiblemente afectado por el dolor físico y emocional que lo invadía.

—Chronus me pidió que sirviera de distracción durante años, mientras él e Isabel terminaban los puentes.

—Encontraremos una solución —dijo Phillip con convicción—. Si hay algo que aprendí de Isabel en este tiempo, es que siempre hay una forma. Ella siempre dice eso, incluso en los momentos más difíciles.

—Suena como ella —respondió Alex, con un atisbo de nostalgia.

David escuchaba atentamente la conversación. Trataba de procesar las explicaciones de Alex y el hecho de que había intentado matarlos. Pero entender que había sido manipulado... y que su esposa había sido víctima de todo aquello... era algo que claramente lo estaba destrozando. No quería estar en su lugar en ese momento.

—Quizás yo pueda ayudar —dijo David—. Fui con Isabel a la Mansión Cavendish cuando comenzó la tormenta. Ella buscó la dirección de una estrella y fuimos sorprendidos por alguien que dejó una especie de espuma gris.

—¡Zeus!—exclamó Alex.

—Ese hombre la visitó, y ella le dio una paliza. Aparentemente, por segunda vez—añadió David—. También mencionó un trato con Chronus.

—¿Qué tipo de trato? —preguntó Alex.

—Le dio el poder para patear a Zeus, Hades y todos los demás —respondió David—. Le otorgó poderes inmensos.

—Su gran arma para la Gran Guerra —dijo Alex.

—Exactamente—asintió David.

—Ella es inmortal —dijo Alex, y por primera vez su rostro se iluminó con una chispa de alegría.

—Creo que cualquiera que haya sido su plan, incluía su sangre y un sacrificio—comentó David—. Mencionó que debía enfrentarse a la muerte.

—Hace siglos, Chronus intentó realizar transmisiones y fue malinterpretado por seres no inmortales, que comenzaron a realizar sacrificios de sangre y morían en el proceso —explicó Alex—. Para los dioses muy poderosos, los sacrificios de sangre significan más poder, porque realmente se lo otorgan. Jamás supe de alguien a quien Chronus le transmitiera directamente la energía de la inmortalidad. Isabel necesitaba su propia sangre y un sacrificio para incrementar su poder. Se conectó con el compás y, de ese modo, viajó hacia la fuente de su energía... Zeus.

—Entonces ella tenía su plan. Y seguramente ahora está buscando a Victoria en Gaia —dijo David, con tristeza en los ojos.

Alex notó la emoción en su rostro. Comprendió que Victoria significaba mucho para él.

—¿Qué pasó con Victoria? —preguntó.

—Zeus se la llevó y le pidió a Isabel que usara el compás para rescatarla. La obligó a elegir entre ustedes dos. Ella me dijo que no aceptaba ultimátums, y que ya tenía un plan —dijo David.

Alex respiró hondo, mostrando alivio.

—Gracias por contarme esto —le dijo a David—. Estoy seguro de que logrará rescatar a Victoria.

—Eso espero —respondió David.

—Alex, ¿quién te hizo esto? ¿Quién te mantuvo aquí todo este tiempo? —preguntó Phillip.

—Mi supuesto tío Adam... que resultó ser Sikh —respondió Alex.

—¿Sikh?¿El muchacho que estaba perdido? —preguntó Phillip, sorprendido.

—Ese mismo —respondió Alex.

—Pensé que era un buen hombre —dijo Phillip.

—Lo es—afirmó Alex—. Pero su alma ha sido corrompida, y estoy seguro de que Hades tiene que ver con eso.

Phillip guardó silencio, reflexionando sobre el poder de los dioses y cómo podían manipular incluso a los corazones más puros y nobles, como el de Sikh. Convencerlo de actuar con crueldad y permitir que Alex estuviera cautivo durante años, sin memoria alguna, resultaba impensable.

—¿Quién eres tú? ¿Eres amigo de Isabel? —preguntó Alex, dirigiéndose a David—. Tu cara me resulta familiar.

—Soy uno de sus colegas —respondió David—. Casualmente intenté hacerle un favor llevándola de regreso a casa cuando comenzó la tormenta, y sin querer terminé envuelto en todo esto... justo cuando apareció Zeus.

—Te agradezco que hayas cuidado de mi esposa en un momento como este —dijo Alex—.Debe haber sido desconcertante para ti descubrir todo esto de forma tan repentina.

—En realidad, la peor parte fue verme forzado a saltar de un avión con un paracaídas, en plena tormenta... porque un maldito misil venía directo hacia mí—dijo David, esbozando una sonrisa.

—Lamento mucho todo eso —respondió Alex con seriedad.

Hubo una pausa breve entre ellos.

—¿Por qué Zeus tomó a Victoria? —preguntó Alex—. Es extraño, porque odia a los humanos, especialmente a las mujeres. Debe haber otro motivo.

—Victoria es una mujer hermosa e inteligente. No es como cualquier mortal —dijo David.

—La tormenta se ha intensificado al punto de volverse extremadamente peligrosa. Ya ha cobrado vidas humanas —comentó Phillip—. Deberíamos hacer algo al respecto.

En ese instante, se percataron de que todo el lugar estaba en completo silencio. Algo inusual en un sitio tan vigilado y con tanto movimiento de personal. El ambiente seguía inquietantemente callado... hasta que Alex miró a David y a Phillip con expresión de alerta y gritó:

—¡Agáchense!

De inmediato, un estruendo ensordecedor de armas disparando a través de las paredes estalló sin cesar. Los tres se lanzaron al suelo. Alex comenzó a arrastrarse hacia una gaveta, de donde sacó varias armas. Les entregó algunas a David y Phillip, y tomó otras para sí mismo.

—¿Puedes disparar? —le gritó Alex a David, cubriéndose tras una columna.

—¡Sí!—respondió David, con la voz firme.

Alex ya le había entregado un arma a Phillip, quien disparaba de regreso hacia las paredes, siguiendo el eco de las balas que venían de todas direcciones. David se unió al intercambio de disparos segundos después, sacudiéndose el miedo con cada ráfaga.

El ruido era ensordecedor.

Alex entendió de inmediato lo que estaba ocurriendo: su propio equipo había recibido la orden de eliminarlo. Para las Fuerzas Oscuras, se había convertido en una amenaza. Las mismas Fuerzas que él mismo había entrenado.

Capítulo 19

Ya no soy Makala

Isabel sintió una oleada placentera recorrer su cuerpo. Se sentía en el paraíso. A su alrededor, todo brillaba en tonos plateados y grises. Las paredes estaban adornadas con delicadeza, y en los techos colgaban pinturas majestuosas de dioses y ángeles. El lugar entero estaba lleno de escenas que retrataban la vida mundana de los dioses.

Se dio cuenta de que había aterrizado en una cama suave, como de plumas. Sonrió al comprender que su plan había funcionado: el sacrificio de sangre había activado el compás, permitiéndole acceder a su fuente primaria de energía, conectándose con Zeus. Sabía que él estaba en Gaia, donde mantenía cautiva a Victoria, y se sintió aliviada de haber tenido el coraje de ejecutar una hazaña tan arriesgada.

Caminó hacia una enorme puerta. Frente a ella se extendía un largo corredor, decorado con símbolos y figuras que reconoció del Templo de Orfeo. Los símbolos Gaianos tenían una estrecha relación con aquellos que aún hoy existen en la Tierra. Los primeros habitantes del planeta habían recibido mensajes codificados desde otros mundos y, al intentar comprenderlos, desarrollaron sus propios sistemas simbólicos para interpretar conceptos fundamentales —como el significado de la vida o el proceso conocido como la muerte.

Con el paso del tiempo, muchas de esas codificaciones se perdieron. Civilizaciones como la egipcia trabajaron con las traducciones más rudimentarias que lograron preservar.

Cada pilar del corredor estaba envuelto por una cinta plateada de un material que imitaba el metal, aunque más fuerte que el acero. Al llegar al final del pasillo, Isabel encontró un espacio fresco y abierto, cubierto de flores y cojines. Las cortinas blancas, transparentes, ondeaban con la brisa, y a través de ellas pudo contemplar la belleza del lugar que una vez llamó hogar. Estaba realmente de regreso en Gaia.

Una gran puerta se abrió ante ella. Era plateada, grabada con letras que decían: "Gaianos por toda la eternidad". Entonces, una figura masculina apareció y se acercó lentamente. Era... ¡David!

—¿David?¿Qué demonios haces aquí? —preguntó, confundida.

—Mi querida Makala, soy tu tío Poseidón —respondió él con serenidad—. ¿No me recuerdas?

—¿Poseidón? La última vez que te vi era apenas una niña... Y ahora luces exactamente como mi amigo David en la Tierra —dijo ella, dando un paso hacia él—. Podría jurar que tú y él son la misma persona. Perdona... Han pasado tantos años que no te reconocí.

—Dobles—dijo él con una sonrisa astuta—. Suelen ser útiles... especialmente si uno los crea por sí mismo.

—No entiendo —respondió Isabel, frunciendo el ceño.

—Mi querida Makala, sigues siendo tan inocente... —dijo Poseidón con una sonrisa encantada—. Aún no comprendes todos los trucos que un dios puede guardar bajo la manga. Tal vez tu amigo David esté más relacionado conmigo de lo que imaginas. Disfruto mis viajes a la Tierra, ¿sabes? A diferencia de mi hermano Zeus, a mí sí me gustan las mujeres humanas.

Ella lo miró con desconfianza.

—Además—continuó— hay una vieja leyenda sobre uno de mis descendientes, alguien idéntico a mí, que podría arrebatarme el Reino. No me preocupa, claro. Llevo milenios en esto, y un retiro no me vendría mal.

Isabel sabía bien que Poseidón era un maestro del engaño. Le encantaba jugar con las mentes, confundir y provocar.

—Puedo asegurarte que mi amigo David no es ese guerrero. No busca poder, no es ambicioso. Pero es cierto que se parecen... demasiado.

—¿Y qué hago aquí? ¿Este no es el templo de Zeus? —preguntó, mirando a su alrededor.

—Lo es. Él no está aquí por ahora, pero me pidió que te recibiera. Estaba seguro de que vendrías.

—¿Y tú lo estás ayudando con toda esta locura? Él y Hades están completamente cegados. No están pensando en lo que hacen. Una guerra contra Chronus no es una buena idea, y tú lo sabes. Chronus se vuelve más fuerte cada día.

—Sí, estoy al tanto. Pero ya sabes que siempre he sido el hermano imparcial... salvo que el resultado me afecte directamente. Y en este caso, el regreso de Chronus amenaza con arrebatarme el poder. Quiere restaurar su reinado en Gaia, y eso no puedo permitirlo. Las guerras que se libraron por su causa fueron sangrientas, y perdimos demasiado. Él debe pagar por sus pecados.

En ese momento, una voz resonó desde la entrada.

—Pero miren quién llegó... —dijo Zeus, entrando con paso firme. Vestía un traje blanco impecable y su cabello gris, largo y perfectamente peinado, le daba un aire regio—. Mi sobrina favorita. Al fin decidiste visitarme. Ni cuando vivías aquí me regalaste el placer de tu presencia. Y ahora que vives en otro universo... vienes a verme. Qué honor.

—¿Dónde está Victoria? —preguntó Isabel sin perder tiempo. Su tono era urgente. Ya no le importaban las cortesías—. Vine a llevármela de regreso, como acordamos.

—No estaba en los planes que usaras el poder del sacrificio de sangre para salvarlos a ambos —dijo Zeus con calma, pero con un dejo de reproche.

—¿Dónde está? —repitió ella, con la voz más firme.

—Está segura. Feliz, incluso. Y decidió quedarse.

—¿Estás loco? —dijo Isabel, furiosa—. Victoria es humana. Mortal. ¡Y tú odias a las mujeres humanas! Esto va en contra de los preceptos Gaianos. Está prohibido secuestrar seres de otros planetas o universos. ¿Acaso vas a romper las reglas?

—Es lo que ella desea —dijo Zeus con una sonrisa ladeada—. Puedes preguntarle tú misma.

Se volvió hacia la puerta.

—Victoria, amor... ¿puedes acercarte?

—No tengo miedo de ti —dijo Isabel, firme, dando un paso hacia él.

—Por favor, Makala... —replicó Zeus con falsa dulzura—. Sabes bien que esta guerra que tanto defiendes está perdida. Seguirás cayendo, uno a uno... como tu amado Alex, y su hermano William.

—¿De qué estás hablando? —preguntó Isabel con el ceño fruncido.

Entonces Victoria apareció. Cruzó la puerta en silencio, vestida con un traje blanco que resplandecía con la luz del templo. Su belleza era indiscutible, pero algo no estaba bien: su rostro estaba vacío, sus ojos sin brillo.

—¡Victoria!—gritó Isabel, pero no obtuvo respuesta. Victoria no parpadeó, no reaccionó.

—Hay tanto que ignoras aún, querida Makala —dijo Zeus con aire sabio. Poseidón, acomodado en un sofá cercano, observaba la escena con deleite, disfrutando del caos como si fuera una obra de teatro.

—Tus adorados William y Zagreus... —Zeus hizo una pausa para sonreírle—, o debo decir Alex... Bueno, son hermanos.

—Eso es imposible —susurró Isabel, sin poder ocultar su conmoción—. Eso... eso convertiría a Zagreus en un Sagrado, como yo...

—Exacto. Tu profecía está ligada a tu ángel William —continuó Zeus—, como acabamos de confirmar. Pero tu corazón, ah, tu corazón... ese pertenece a Zagreus. ¿Y quién será el elegido, Makala? ¿El ángel... o el demonio que llevas amando en secreto?

—¡Basta!—espetó Isabel. Miró a Victoria, que ahora se acercaba a Zeus, dócil como una marioneta—. ¿Qué le has hecho?

—Solo le di lo que necesitaba —respondió él con una sonrisa tranquila.

—¿La drogaste? —preguntó Isabel, dando otro paso, furiosa.

—La tranquilicé —corrigió él—. Intentó matarme tres veces. Tiene un corazón fuerte, indomable... como el tuyo, Makala.

—Mi nombre es Isabel —dijo ella con voz firme—. Ya no soy Makala.

—Ahora te haces llamar Isabel porque crees haber renacido —dijo Zeus, estudiándola con atención—. Porque quieres creer que has dejado atrás lo que fuiste.

—He renacido. Y sí, quiero dejar el pasado atrás —replicó ella, sin apartar la vista de Victoria.

—Jamás podrás borrar un pasado que te define —dijo Zeus con tono grave—. Pero, como gustes... Isabel.

Un silencio tenso se instaló entre ambos.

—Lo que tú y Hades le hicieron a mi madre Hera fue imperdonable —continuó Isabel, su voz temblaba apenas por la rabia—. ¿Y ahora quieres hacer lo mismo con Victoria? ¿Usarla... y luego desecharla cuando te aburras?

—Lo de Hera no es conmigo. Tendrás que arreglar eso con tu padre —dijo Zeus, quitándose responsabilidad con desdén.

Un sonido potente retumbó en el lugar, haciendo vibrar las paredes. Repentinamente, Hades apareció.

—Zeus, Poseidón... si me permiten, quisiera hablar a solas con Isabel —dijo Hades con voz firme.

Ambos hermanos asintieron y salieron del salón, dejando a Hades con Isabel y Victoria, que continuaba inmóvil, ajena a todo lo que ocurría a su alrededor.

—Puede que me veas como alguien distante y frío, pero me alegra verte —dijo Hades. Su tono era educado, casi afectuoso—. Me preocupé cuando te fuiste con Chronus, pero luego comprendí... Él te otorgó poder.

—¿Qué quieres? —preguntó Isabel con frialdad.

—Te he extrañado —confesó Hades sin rodeos—. Zagreus rompió las reglas. Te puso en peligro. Sus actos han demostrado una profunda inmadurez... Todo por no renunciara ti. Pero tú siempre estuviste destinada a otro.

—Eso ya lo sé —respondió Isabel con serenidad.

—No sabes lo difícil que es tener que sacrificar lo que uno quiere... por lo que debe hacer —dijo Hades, bajando la mirada por un instante—. ¿Vas a pelear en la Gran Guerra... en mi contra?

—Haré lo que sea necesario para restablecer el orden —declaró Isabel con determinación.

Sus ojos buscaron rápidamente una salida. Sabía que tenía poco tiempo para escapar con Victoria. Debía actuar.

Isabel extendió su mano. Una luz intensa emergió de su palma, iluminando el área con fuerza cegadora. Hades quedó completamente inmovilizado, congelado en su lugar. Su rostro reflejaba sorpresa total: no esperaba que Isabel tuviera ese poder...ni que lo usara contra él.

Isabel corrió hacia Victoria.

—¡Victoria!—exclamó, tomándola por los brazos.

—Isabel...tienes que irte. Déjame aquí —dijo Victoria con voz apagada. Su rostro seguía inexpresivo.

—¿Qué te hicieron? Vine por ti. No pienso irme sin ti —dijo Isabel, angustiada.

—Tengo sentimientos por él... No puedo irme —respondió Victoria, con la misma inexpresividad.

—Eso no tiene sentido. Tú no lo amas —insistió Isabel, tratando de llegar a ella.

—Lo deseo —murmuró Victoria.

Isabel observaba a Victoria con desconcierto. No entendía su actitud ni por qué actuaba como si estuviera bajo algún tipo de hechizo. Entonces recordó las palabras de Zeus: *"Le di algo que necesitaba."* Fue en ese instante cuando notó la tiara en la cabeza de Victoria.

La reconoció de inmediato. Era la Tiara de Rhea.

Esa reliquia sagrada había pertenecido a la Reina Rhea, símbolo de sabiduría y poder ancestral. Después de su reinado, nadie la había vuelto a usar. Se decía que Zeus la había guardado, esperando entregársela únicamente a su amor verdadero.

—¿Quién te dio esa tiara? —preguntó Isabel con voz firme.

—Zeus—respondió Victoria sin dudar—. Me la dio como un regalo.

—Victoria, tenemos que irnos de este lugar ahora —dijo Isabel, extendiendo la mano hacia ella.

Apenas sus manos se tocaron, una descarga eléctrica recorrió sus cuerpos. Un resplandor intenso los envolvió. Victoria enmudeció, con los ojos muy abiertos, intentando comprender lo que estaba ocurriendo. Las memorias comenzaron a volver. Fragmentos de su vida, de su conexión con Isabel, destellos del pasado y la verdad oculta.

No dijo una palabra.

—Ya recuerdas —dijo Isabel con alivio—. Ahora vámonos de aquí.

—¡No te atrevas a irte! —gritó Zeus, apareciendo repentinamente detrás de ellas.

Isabel se volvió con rapidez. Alzó su mano y disparó un rayo de luz directo hacia Zeus. El impacto lo inmovilizó al instante.

Poseidón, que se mantenía al margen, alzó los brazos en señal de rendición. No hizo ningún movimiento. Isabel lo miró con rapidez, luego centró su atención en Victoria.

Tomó su mano con firmeza.

Con la otra, sacó el compás. Lo giró en el aire, y un vórtice comenzó a abrirse frente a ellas, girando a gran velocidad, desatando corrientes de energía por toda la sala.

Sin vacilar, Isabel y Victoria saltaron dentro del túnel.

***

—¿Qué demonios está pasando aquí? —preguntó David, alarmado por los disparos que resonaban por todo el lugar. El caos reinaba a su alrededor.

—Nos están intentando matar —respondió Alex mientras recargaba su arma con rapidez.

—¿Tus propios guardias? —preguntó David, siguiéndolo mientras salían de la sala a toda prisa.

—Guardias de las Fuerzas Oscuras —aclaró Alex, escaneando el entorno en busca de la salida más segura—. Alguien debe haber informado a Sikh sobre lo ocurrido. Seguro ordenó eliminarnos.

—¿Están bien? —preguntó Phillip al alcanzarlos.

—Sí, pero tenemos que salir de aquí *ya* —dijo Alex con urgencia. Luego se giró, tomó un par de armas adicionales y entregó chalecos antibalas—. Enviarán más tropas en cualquier momento.

—¿Hay alguna forma de salir? Este complejo es enorme. Si nos quedamos, nos atraparán tarde o temprano —advirtió Phillip mientras se colocaba el chaleco.

—Sí. Usaremos el helicóptero —respondió Alex con decisión, comenzando a correr por el pasillo.

***

Mientras se dirigían a la plataforma de despegue y abordaban el helicóptero, Phillip recibió una alerta en su comunicador. Era una señal del localizador GPS que le había entregado a Isabel antes de dejar Londres. Siempre se lo daba en misiones peligrosas, por si era capturada o se perdía. Alex le había encargado su protección, y él se lo tomaba en serio.

—¡Estoy recibiendo algo! —gritó Phillip por encima del ruido de las hélices ya en movimiento—. ¡Es Isabel!

Alex ya estaba en el asiento del piloto. Phillip se sentó a su lado y David ocupaba el asiento trasero.

—Dime la ubicación exacta —ordenó Alex mientras iniciaba la secuencia de despegue—. Con este clima será complicado, así que asegúrense bien los cinturones.

David ya estaba abrochado, preparado para cualquier turbulencia.

El helicóptero se elevó con precisión, despegando rumbo al norte, atravesando la cortina de viento y lluvia.

***

Isabel y Victoria habían aterrizado en una zona abierta cerca del océano. El frío era intenso. Las olas rompían violentamente contra la costa, y truenos ensordecedores sacudían el cielo. La tormenta se había intensificado, como si la misma naturaleza presintiera lo que estaba por venir.

Podían escuchar el estruendo de las olas golpeando contra las imponentes rocas frente a ellas, mientras el viento soplaba con fuerza, trayendo consigo una brisa helada que les calaba los huesos.

—Lo siento... No sé qué pasó allá adentro. Sentía que estaba enamorada de él, pero sé que no era real. Todo es muy confuso —dijo Victoria con la voz apagada.

—No tienes por qué disculparte —respondió Isabel con ternura—. Estabas encantada, y lamentablemente los humanos son susceptibles a esos hechizos. Él es un dios, y como tal, cree que puede hacer lo que quiera —añadió. Luego miró la tiara que sostenía en sus manos—. Lo que más me impacta es que te haya dado la Tiara de Rhea. Nadie la había usado desde su madre. Zeus juró que solo se la daría a quien robara su corazón.

Levantó la vista hacia Victoria y añadió suavemente:

—Supongo que tú eres esa persona para él.

Victoria observó la tiara con asombro.

—¿Rhea es la esposa de Chronus? —preguntó.

—Sí—asintió Isabel.

—¿La madre de tu madre? ¿La descendiente directa de Titania? —dijo Victoria, cada vez más sorprendida.

—Así es—confirmó Isabel—. Pero no te preocupes, ahora puedes usarla sin riesgos. Ya no contiene ningún encantamiento en tu contra. La convertí en un símbolo de protección para ti. Lo necesitarás... Ellos no descansarán hasta volver a encontrarnos.

Victoria abrazó la tiara contra su pecho y suspiró.

—¿Cómo haces para manejar todo esto? Es demasiado... Demasiadas emociones, tristezas, guerras... Cuando tuve la tiara pude ver tantas cosas: el pasado, el presente, incluso el futuro. Vi tu tristeza, tu fortaleza... Vi el coraje de Zagreus, dispuesto a todo por ti... Los crímenes de Zeus y de Hades. Vi el dolor... y la belleza. Y ahora, no sé ni qué pensar. Me siento como un ratoncito insignificante en medio de un universo enorme y este Sistema que parece tan complejo...

—El Sistema fue diseñado con precisión para enseñarnos. Todas las experiencias que vivimos nos guían por un camino que solo nosotros podemos trazar. Nadie más—dijo Isabel, con calma—. Como mi mamá... ella pronto completará su ciclo y hará su transición.

—Debe ser muy difícil saberlo... —murmuró Victoria.

—Es un regalo saberlo —respondió Isabel.

Se hizo un silencio entre las dos, mientras contemplaban el mar en calma aparente.

—Poseidón es idéntico a David —dijo Victoria de pronto.

Isabel sonrió.

—Sabes que le gustas a David, ¿verdad?

—¿Cómo lo sabes? —preguntó Victoria, sorprendida.

—¿Cómo sé que le gustas? ¿O cómo sé que tú también sientes algo por él? Ambas respuestas son muy simples —respondió Isabel con una sonrisa traviesa.

—Estás delirando —dijo Victoria, apoyando la cabeza en el hombro de Isabel. Pasaron unos segundos en silencio antes de que preguntara—: ¿Encontraste a Alex?

—Lo encontré... e intentó matarme —dijo Isabel con calma.

—¿Qué?¿Por qué? —preguntó Victoria, completamente intrigada.

—Ya sabía que lo haría —añadió Isabel, como si fuera algo inevitable.

—¿Qué sucedió exactamente? —Victoria no podía contener su curiosidad.

—Te lo contaré —dijo Isabel, y comenzó a relatarle cómo todo se salió de control porque Alex no recordaba nada de lo que habían vivido juntos.

—Debe haber sido horrible... Él debe sentirse fatal ahora —dijo Victoria, con empatía.

—Así es —asintió Isabel, su mirada perdida en el horizonte—. Pero ese no es mi mayor problema ahora... lo que realmente me preocupa es que va a romper conmigo.

Victoria se volvió hacia ella, confundida.

—¿Por qué piensas eso? Él te ama —dijo con seguridad.

—Sé que me ama —respondió Isabel con una leve sonrisa triste—. Pero tiene decisiones que tomar. Y no sé cuáles elegirá.

Un sonido rompió el silencio. El inconfundible rugido de un helicóptero se acercaba. Ambas alzaron la vista justo cuando la potente luz atravesaba la tormenta.

Isabel sintió un torrente de emociones mezcladas. Estaba feliz... pero también nerviosa.

El helicóptero aterrizó cerca de ellas, levantando una nube de polvo y sal. La puerta se abrió antes de que las hélices se detuvieran, y Alex bajó de inmediato. Comenzó a correr hacia Isabel, pero se detuvo a pocos metros de ella.

Su rostro mostraba alivio y alegría, pero sus ojos oscuros delataban una tristeza profunda. Tenía el cuerpo y el rostro marcados por moretones, y aún llevaba un chaleco antibalas. Isabel supo de inmediato que había peleado para llegar hasta allí... y aún así, seguía viéndose increíblemente hermoso.

—Lamento tanto lo que pasó —dijo Alex, con la voz quebrada pero firme—. No tenía control sobre mis acciones... estaba perdido. Tú me ayudaste a recuperar mis recuerdos, me salvaste. Después... pensé que te había perdido para siempre, que habías muerto, y fue inimaginable para mí. Lo siento tanto, Isabel. Te estaré agradecido por siempre.

Isabel dio un paso al frente, sus ojos brillaban.

—Yo también lo siento —dijo con suavidad—. Porque estabas así por mi culpa. Tu miedo era por mí. Yo necesitaba encontrar a Victoria... y tú me devolviste no solo mis memorias, sino todo lo que viví contigo, nuestras experiencias... y mucho más que eso. Siempre te estaré agradecida.

Sus miradas se fundieron, intensas. Luego, sin decir más, Alex la abrazó con fuerza. Isabel respondió con el mismo fervor, y se besaron con una pasión que lo decía todo. Deseo, amor, gratitud... un torbellino de emociones los envolvía.

Y en medio de ese instante suspendido, Alex suspiró en su oído:

—Prometí que regresaría a ti.

***

Gregorian se acercó a William, quien estaba sentado en un sillón de cuero antiguo, absorto en la lectura de un libro cubierto de polvo y símbolos arcaicos.

—¿Qué sucede? —preguntó William, sin apartar la vista de las páginas.

—Tu padre ha venido a verte —respondió Gregorian con tono neutral, y se dirigió hacia la puerta.

—Por cierto... deberías dejar ir a Victoria. Es la única manera de que todo fluya—dijo William, aún sin levantar la mirada.

Gregorian se detuvo por un instante.

—Sí —respondió simplemente—. De todos modos, ya me había cansado de Harold...demasiado dependiente —añadió, antes de salir de la habitación.

Unos segundos más tarde, un hombre alto y fuerte entró. Era rubio, de rasgos definidos y mirada clara. Vestía jeans oscuros y una chaqueta de cuero. Caminó lentamente por la habitación, observando la decoración con una mezcla de curiosidad y juicio.

—Hijo...pudiste haber tomado cualquier palacio en este país, y decidiste vivir en esta casa tan pequeña —dijo el ángel Gabriel, con una sonrisa apenas perceptible.

—Padre, supongo que te gusta mi humilde morada —respondió William con una media sonrisa, levantándose para abrazarlo.

—No está mal. Pero pudiste elegir algo más grandioso. Al fin y al cabo, eres el ser más importante del Sistema —dijo Gabriel, dándole una palmada en el hombro—. Aunque sé que querías estar cerca de ella —añadió en voz baja.

—Estará conmigo pronto. Los eventos ya comenzaron, y el destino se está encargando de todo —dijo William, con firmeza.

—Hijo, debes hacer las paces con la forma en que todo fue diseñado. Es lo que debe ser—dijo Gabriel, mirándolo con serenidad.

—Solo quiero que ella sea feliz —respondió William, con la mirada perdida por la ventana.

—La Gran Guerra ha comenzado, y necesito que estés preparado. Ha llegado a la Tierra—anunció Gabriel con gravedad—. Pero con las Alianzas que hemos forjado, el camino será más claro.

Hizo una pausa.

—He escuchado que las Fuerzas Oscuras han reclutado millones de almas oscuras y malvadas. Allí iniciará la purga.

—Isabel no quiere que inocentes mueran en esa purga —dijo William, girando el rostro hacia su padre.

—Ninguna alma inocente será tocada, hijo mío. Tienes mi palabra —respondió Gabriel, con solemnidad—. Aunque eso depende de ellos... y de sus acciones. Veremos cómo reaccionan ante esta Gran Guerra... y sus ramificaciones.

William cerró el libro con cuidado y lo colocó sobre la mesa.

—Si los seres supieran que sólo se necesita un corazón puro y la capacidad de perdonar para alcanzar los niveles más altos de evolución... este mundo, y muchos otros, serían distintos —dijo, con voz suave.

—Estoy de acuerdo —asintió Gabriel—. Pero ya hemos pasado por eso. Les dimos señales, oportunidades... y ellos eligieron su camino. El controversial libre albedrío que, al final, casi nunca funciona.

Hubo una pausa. William notó un leve cambio en la expresión de su padre, como si contuviera algo importante.

—Padre...¿qué sucede? —preguntó con cautela—. ¿Hay algo más que necesites decirme?

Gabriel lo miró fijamente, con una sombra de pesar en los ojos.

—Hay algo que debes saber —respondió con tono grave—. Es sobre Zagreus.

William se irguió de golpe.

—No encuentro una forma fácil de decírtelo —continuó Gabriel, bajando la mirada, como si las palabras pesaran toneladas—. Zagreus... es tu hermano. Lo concebí con Persephones, en un tiempo en que ambos estábamos enamorados.

El silencio cayó como un rayo entre ellos.

—¿Cómo puede esto ser posible? —preguntó William, con incredulidad.

—Persephones y yo... decidimos dejarlo con Hades para evitarle una vida de conflicto. Pensamos que era lo mejor. Ocultarlo era protegerlo —dijo Gabriel, con el rostro marcado por la tristeza.

William sintió que el mundo giraba más lento. Las piezas del rompecabezas que nunca encajaban comenzaban a revelarse con un nuevo sentido.

—Entonces...¿Zagreus es sagrado como yo? —preguntó en voz baja.

—Sí—afirmó Gabriel—. Pero tú eres el más puro. Tus padres son ambos ángeles. Él es mitad sagrado.

Gabriel hizo una pausa antes de añadir:

—Tú e Isabel son únicos. Fueron concebidos de dos ángeles puros. Es un evento tan raro que sólo ha ocurrido una vez más en toda la historia del Sistema. Isabel aún desconoce sus verdaderos orígenes.

—No recuerda... —susurró William.

—Lo hará eventualmente —dijo Gabriel con certeza.

Un silencio pesado los envolvió. Luego, con un tono que parecía una sentencia, Gabriel añadió:

—Necesitabas saber esto... porque ustedes dos lucharán juntos. Esta guerra... es crucial para el destino del Sistema.

William bajó la vista, el alma agitada. Sus pensamientos lo apuñalaban.

—Se molestará... —dijo finalmente—. Cuando descubra que tiene un hermano... y que soy yo.

—Ya lo sabe —dijo Gabriel con firmeza—. Persephones se lo reveló... justo antes de desaparecer.

El pecho de William se contrajo con una punzada de dolor. Isabel había venido a pedirle ayuda para rescatar a Zagreus... y él se negó. En ese momento, cegado por los celos, no entendió lo que Zagreus representaba. No supo ver.

Si lo hubiera sabido entonces... todo habría sido distinto.

Una tormenta de emociones lo invadió.

Gabriel, compasivo, colocó su mano en el hombro de William.

—Tómate tu tiempo. Pero mantente firme. Necesito que vayas a hablar con uno de los Representantes de este mundo. Diles que fui yo quien les envió el mensaje, y que deben estar listos para la señal.

William asintió, aún procesando todo.

—Habrá devastación, hambre, caos... —continuó Gabriel—. Por eso siempre aconsejé que se dijera la verdad a los humanos. Que se les preparara. Pero los gobiernos eligieron el silencio. Ahora... esa verdad que tanto intentaron ocultar... saldrá a la luz. Y nada podrá detenerla.

William levantó la mirada, con renovada resolución.

—Les haré llegar el mensaje.

Gabriel lo miró una última vez, con orgullo y tristeza entremezclados.

—Que tengas una buena lucha, hijo —dijo.

Y desapareció en un destello de luz dorada.

William se quedó solo, con el corazón retumbando y un mar de dudas golpeando su mente. Lo que acababa de escuchar transformaba todo lo que creía saber. Y sin embargo...no había tiempo para lamentarse.

Era el momento de ser más fuerte que nunca.

Porque **La Gran Guerra... había comenzado.**

Glosario

Makala, conocida como Isabel Hearn en la tierra

Zagreus, también conocido como Alex Cavendish

William Rainier: Comandante delos siete cielos del sistema de universos

Claire Hearn López-Bernal: mamá de Isabel

Adrian Hearn: Papá de Isabel

Victoria Vanderbilt: mejor amiga de Isabel

David Feinn: amigo de Isabel y médico

Phillip Carrington: guardaespaldas de Alex

Orpheus, también conocido como Adam Cavendish

Tanya: médica en la Torre Gaia

Dr. Chein: neurólogo de la Torre Gaia

Persephones: madre de Zagreus

Eurídice: Esposa de Orfeo

Sikh: mano derecha de Orfeo

Vivian Vanderbilt: mamá de Victoria

Kassim: Papá de Sikh

Saeh: director el hotel en Sikkim

Zeus: Rey de Gaia y comandante de la Luz. Hijo de Chronus.

Hades: Rey de Gaia. Comandante de las fuerzas de la Oscuridad de Gaia.

Poseidón: Comandante de los océanos e hijo de Chronus.

Hera: Comandante del Tiempo y el Conocimiento. Hija de Chronus

Hestia: Comandante de los Sueños y Memorias. Hija de Chronus

Demetria: Comandante de la Fuerza de Los Planetas del Sistema deUniversos. Hija de Chronus.

Acerca de la autora

L.E. Coleman es médico y escritora, apasionada por explorar los misterios de la existencia a través de la ciencia y la ficción. Con una destacada trayectoria en el campo de la fertilidad, ha dedicado su vida a comprender los límites de la ciencia y el potencial del ser humano. Su fascinación por la mente, el alma y las conexiones que trascienden el tiempo y el espacio la llevaron a plasmar en sus libros historias que combinan ciencia, romance y aventura. En su serie *Isabel'sBridges*, invita a los lectores a sumergirse en un universo donde el destino, el amor y la tecnología desafían las reglas de la realidad.

www.isabelsbridges.com

Agradecimientos

Quiero expresar mi más sincero agradecimiento a mi esposo y co-editor, Víctor. Tu apoyo ha sido invaluable a lo largo de todo este proceso; sin ti, este libro no sería lo mismo. A mi querido hijo, Adam, por ser una fuente constante de inspiración y amor. A mi mamá, la fan número uno de esta historia, por su amor incondicional y su constante apoyo. Y, por supuesto, a todos mis lectores, cuya fidelidad y entusiasmo han sido la fuerza que me motiva a seguir creando. Gracias por acompañarme en este viaje literario y por creer en mis historias. ¡Este libro es para ustedes!

· · • · · • • · · · ·

More to come...

¡Gracias por acompañarme en este viaje a través del sueño dorado! Tu opinión es increíblemente valiosa y me encantaría saber qué te ha parecido la historia.

Si disfrutaste del libro, sería un honor que dejaras una reseña en Amazon. Tus palabras no solo me ayudan a seguir creando, sino que también guían a otros lectores a descubrir esta historia.

Tomará solo unos minutos, pero hará una gran diferencia.

¡Gracias por tu apoyo y por ser parte de este universo!

www.isabelsbridges.com

LOS PUENTES DE ISABEL

BY L.E COLEMAN

LIBRO 1:
PARADOJA

LIBRO 2:
EL SUEÑO DORADO

LIBRO 3:
LA GRAN GUERRA

COLEMAN PUBLISHING

ISABELS' BRIDGES
BY L.E COLEMAN

WEBSITE:
WWW.ISABELSBRIDGES.COM

www.ingramcontent.com/pod-product-compliance
Lightning Source LLC
Chambersburg PA
CBHW071847220626
47052CB00002B/2